rhyd y gro

Sian Northey

Gomer

Cyhoeddwyd yn 2016 gan
Wasg Gomer, Llandysul, Ceredigion SA44 4JL
www.gomer.co.uk

ISBN 978-1-84851-546-8

Cyhoeddir gyda chymorth ariannol
Cyngor Llyfrau Cymru.

Argraffwyd a rhwymwyd yng Nghymru gan
Wasg Gomer, Llandysul, Ceredigion.

I Siôn Aled,
am fod â ffydd yndda i.

Diolch i Angharad Price am ei hamynedd a'i chyngor,
i Mair Rees am ei gofal,
i bawb yng Ngwasg Gomer am eu gwaith
i Dylan Williams am awgrym da
ac i'r Cyngor Llyfrau
am fy ngalluogi i sgwennu
yn hytrach na gwneud pethau eraill.

Efa

Mi oeddwn i'n fanno am bod gen i ddim gyts. I'r eglwys o'n i isio mynd y bore hwnnw. Ond roedd drws yr eglwys wedi'i gloi. Rhoi cic i'r drws wnes i gyntaf, fel plentyn dyflwydd. Wnes i ddim byd ond brifo fy nhroed. Ac yna mi welis i raw heb goes yn pwyso yn erbyn wal y fynwent. Mi es i i'w nôl a'i gwthio i'r bwlch lle roedd y ddau ddrws yn cwrdd a gwthio'n galad ar y pwt o handlan lle y dylai coes y rhaw fod. Ac wrth i mi wthio fe deimlais y drws yn symud ryw fymryn, ac yna sŵn pren yn dechrau hollti. A dyna ddaeth â fi at fy nghoed.

'Be ddiawl ti'n neud, Efa? medda fi'n uchel, a neb ond defaid, na ddylan nhw fod yn y fynwent, yn gwrando.

A dyma fi'n roi ffling i'r rhaw nes ei bod yn taro yn erbyn carreg fedd rhywun a dychryn un o'r ŵyn, a hwnnw'n rhuthro at ei fam am gysur a chodi ei thraed ôl oddi ar y ddaear wrth iddo wthio am ei phwrs.

'Ti rhy hen i hynna'r lwmp mawr,' medda fi wrtho fo. Ond tydan ni byth yn rhy hen wrth gwrs.

A dyna pam oeddwn i yn y capal, am fod drws y capal yn gorad. Mi oeddwn i'n ama y bysa fo, er nad oeddwn i wedi bod yma ers blynyddoedd. Pam na fyswn i wedi gallu eistedd mewn cae neu fys shelter a dechrau adrodd Gweddi'r Arglwydd yn fanno dwn i ddim. A dw i ddim yn siŵr hyd yn oed pam fy mod i isio gweddïo'n uchel. A ffwndro wnes i beth bynnag, cymysgu rhwng dwy weddi, 'Ein tad, yn deulu dedwydd, y deuwn ...'

Es i ddim pellach na hynny, gyrhaeddis i ddim yr amen. Roeddwn i wedi mynd i eistedd yn y sêt lle'r arferwn i eistedd efo Nain, lle roedd hi'n gwneud llygoden o hances i'm diddanu. Mi oeddwn wedi plygu fy mhen yn dawel am chydig eiliadau fel yr arferai hi neud, ac yna wedi dechrau adrodd y weddi'n uchel. Ac wrth i mi ddweud y gair 'deuwn' y sylweddolais y byddai'n rhaid i mi ddod. Neu yn hytrach y byddai'n rhaid i mi fynd. Mi fyddai'n rhaid i mi fynd ato fo.

Llai na phedair awr ar hugain cyn hynny mi oedd fy mywyd yn syml. Neu mor syml ag y gall bywyd dynas feichiog fod. Doedd gen i ddim byd i boeni amdano, heblaw am y ffaith y byddai'n rhaid i mi weithio'n hwyr yn addasu'r set honno oherwydd bod angen i mi fynd am sgan yn y bore. Doeddwn i ddim hyd yn oed yn poeni am y sgan. Tydi poeni felly ddim yn fy natur i.

Mi oeddwn i a Meic yn cael brecwast efo'n gilydd am unwaith, gan nad oedd angen i mi gychwyn am y sbyty'n wirion o fuan, a fynta wedi bod yn glên, yn gariad ymarferol gariadus, ac wedi gwneud llond plât o dost Ffrengig a chig moch a thomatos wedi'u ffrio i mi. Wrthi'n gwneud ail bot o goffi oeddwn i pan ddaeth y postman.

'Rwbath pwysig yr olwg i ti, Efs.'

Ac mi oedd o'n edrych yn llythyr pwysig – amlen drom, lliw hufen. Llyfais y mymryn saim a sudd tomato oedd wedi glynu wrth y gyllell cyn ei defnyddio i'w hagor. Mae'n rhaid mod i wedi rhythu fel llo ar y llythyr am yn hir. Falla mod i wedi anwybyddu llais Meic yn gofyn be oedd o oherwydd fe gymerodd y llythyr o'm llaw a'i ddarllen.

'Be nei di?' medda fo.

'Dim,' medda finna a thollti llond mŵg o goffi i mi fu hun.

A doeddwn i ddim yn bwriadu gwneud dim. Petawn i'n gwneud dim fe allwn esgus na ddaeth y llythyr. Pwy ddiawl sydd isio derbyn llythyr gan ei mam, dynas a fu farw bron i bum mlynedd ynghynt, yn gadael iddi wybod pwy ydi'i thad? Mi wnaeth Mam sawl peth od wrth fy magu, ond hwn, y peth olaf hwn, oedd un o'r rhai odia. Mi oeddwn i, wrth gwrs, wedi cael pwl o holi am fy nhad, pan oeddwn i tua chwech neu saith oed, dw i'n meddwl, a finna'n sylweddoli fod gan bawb dad, byw neu farw, yn rhywle.

'Dychmyga di unrhyw dad wyt ti isio Efa – hwnnw fydd dy dad di wedyn.'

Be ddiawl 'da chi'n ddisgwyl gan ddynas oedd yn grediniol ei bod hi'n wrach? Ac ar ôl chydig dw i'n meddwl mod inna wedi derbyn mai rhywbeth fel Blodeuwedd oedd fy nhad, wedi ei greu o flodau, a'i fod wedi cael ei daflu o'r neilltu wedyn fel mae tusw o flodau sydd wedi dechrau gwywo yn cael ei daflu i'r compost. Roedd Mam yn arfer piso ar ben y compost. Byddai'n codi ei sgert hir yn un cwlwm amryliw o amgylch ei chanol, ac yn y gaeaf byddai stêm fel llond dwrn o niwl o amgylch ei thraed.

Niwl oedd yn amgylchynu'r bychan yn fy nghroth. Mi oeddwn i angen y nyrs i'm tywys trwyddo.

'Dyna'r pen, a'i goes o i lawr yn fanna.'

'Neu ei choes hi?'

'Na, dw i ddim yn meddwl,' medda hitha. 'Arhoswch funud.'

Rhoddodd fymryn mwy o'r jeli oer ar fy mol a gwthio'n galetach a studio'r freuddwyd ar y sgrin yn ofalus.

'Na, hogyn bach ydi hwn. Sbïwch.'

A finna'n esgus mod i'n gallu gweld ei bidlan o cyn iddi sychu'r jeli oddi ar fy mol efo papur gwyrdd braidd yn gras. A dyna fo. Ymhen hanner awr mi oeddwn i 'nôl yn y gwaith, yn llwyddo i wneud rhywbeth reit dwt i addasu'r set ddiweddara fel y byddai'n bosib ei defnyddio ar lwyfannau llai, ac yn gwybod fod yna hogyn bach yna efo fi. Ac yn gwybod fod gan yr hogyn bach hwnnw daid.

Bore wedyn y chwalodd petha. Am ddim rheswm yn y byd. Bore Sadwrn oedd hi, a dw i wedi poeni wedyn mod i ddigon call a diflas i aros tan fore Sadwrn cyn cael sterics yn hytrach na chreu trafferthion i bobl mewn ysbytai a phobl mewn theatrau.

Steffan

Mae defod yn bwysig. Nid y defodau a osodir arnom o'r tu allan gan wladwriaethau a chrefyddau, ond yn hytrach y defodau mae dyn yn eu creu yn ei fywyd beunyddiol i gadw'i bwyll. Wna i ddim agor dogfen ar y sgrin a dechrau sgwennu hyd nes bod llestri brecwast wedi'u cadw. Ond fe wnaf eistedd yn fy ngŵn wisgo, a Llwydrew ar fy nglin, yn edrych ar fy e-byst tra bo'r coffi'n mwydo yn y pot.

Dyna pam nad ydi Sali'n byw yma. Dyna pam mod i'n cyfyngu ar y nifer o nosweithiau mae hi'n aros yma.

Ar fy mhen fy hun oeddwn i'r bore y daeth yr e-bost. Roedd Llwydrew ar fy nglin yn agor a chau ei hewinedd yn araf a'r rheini yn bachu yng nghotwm trwm fy ngŵn wisgo. Roeddwn i wedi agor ac ateb y tri e-bost cyntaf – Sali'n gofyn a oeddwn awydd dod draw i gael bwyd y noson honno, cynnig i fynd i ddarllen fy ngwaith yng Nghaerefrog fis Hydref a nodyn byr, ffug-siriol gan fy nghyhoeddwr yn holi lle roedd y bennod roeddwn i wedi'i haddo iddynt bythefnos yn ôl. E-bost Efa oedd y pedwerydd e-bost, wedi ei yrru yn oriau mân y bore. Am eiliad oherwydd hynny, cyn i mi ei agor, roeddwn i'n amau mai gwraig wnes i ei chyfarfod yng Nghanada rhyw ddeufis cynt oedd wedi ei yrru. Wnaeth yr enw Efa Arthan ddim canu cloch. Wyddwn i ddim pa gyfenw roedd hi wedi ei roi ar Efa, ac nid fy nghyfenw i na'i chyfenw hi oedd Arthan.

Dw i'n ateb bron pob e-bost ar ei union – peth cynta'n y bore neu pan fydda i'n dychwelyd atynt am yr eildro cyn cau'r cyfrifiadur am y dydd. Ond wnes i ddim ateb e-bost Efa'r diwrnod hwnnw na'r diwrnod wedyn.

Wyddwn i ddim i a oedd Efa wedi priodi neu beidio, ond y gwir ydi wrth gwrs oedd na wyddwn a oedd Efa'n fyw. Gwyddwn iddi fod yn fyw. Dw i'n cofio merch fach mewn dyngarîs, tua chwech oed efallai, yn rhedeg ar hyd y traeth yn ceisio dal gwylanod, ac yna ar ôl diflasu ar hynny yn swatio rhyw hanner can llath oddi wrthym ac yn dechrau adeiladu rhywbeth cymhleth o froc môr a chregyn. Bu wrthi'n hollol fodlon yn pentyrru'r naill beth ar ben y llall a'i mam a finna'n mochel rhag y gwynt yn un o'r cytiau bach hen ffasiwn 'na sydd ar y prom. Pan godais a gadael y cwt i fynd yn ôl at fy nghar, mi es, am ryw reswm, i lawr at y fechan, cwrcwd wrth ei hymyl a gosod darn o wymon ar ben ei chreadigaeth. Cymerais un cip yn ôl arni wrth agor drws y car a'i gweld yn tynnu'r darn gwymon a'i ailosod mewn lle ychydig yn wahanol. Dyna'r unig wybodaeth oedd gen i am Efa.

Y darlun yna oedd yn fy mhen wrth i mi fwyta swper efo Sali'r noson honno. Roedd hi wedi paratoi'r *tagine* cig oen 'na dw i mor hoff ohono.

'Wel?'

Oedais am funud. Mae'n anodd ateb heb wybod be ydi'r cwestiwn.

'Wel be, Sali fach?'

'Ddylwn i fynd amdani neu beidio?'

Swydd mwya tebyg, ond doeddwn i ddim digon sydyn i roi rhyw ateb slic a fyddai'n gwneud y tro ar gyfer unrhyw gwestiwn, bron.

'Be sy'n bod, Steffan? Ti'n dy fyd bach dy hun heno'n dwyt?'

Gwthiais y plât i un ochr a gafael yn ei llaw a dechrau mwytho ochr feddal ei garddwrn. Rhedais fy mysedd ar hyd

y croen llyfn hyd at blyg ei phenelin ac yna i lawr yn ôl at ei
garddwrn. Gwenais arni. Gwthiodd hithau ei phlât i ganol
y bwrdd ac ymestyn drosodd ataf a'm cusanu. Weithiau
mae'n haws cael llonydd i fod ar eich pen eich hun os 'da
chi'n cyffwrdd â rhywun, yn rhoi sylw i gorff y person arall.
Mae meddyliau'ch gilydd yn gadael llonydd i'r naill a'r llall
wedyn.

Ailddechreuodd Sali drafod y swydd ymhen rhyw
hanner awr. Fe fyddai'r bwlch wedi bod yn hirach ers talwm.
Ond mae caru hen ddyn yn fyrrach. Ac yn symlach. Ac yn
llai egnïol. A'r tro yma roeddwn i'n falch o gael gwrando ar
holl fanylion y swydd roedd gan Sali'r awydd gwneud cais
amdani er mwyn i hynny rwystro'r llif atgofion a ddaeth o
rywle. Nid ei bod hi'n gwrando lawer ar fy nghyngor. Rhyw
ddrama rhyngddom oedd ei bod hi'n fy nhrin fel yr hen ŵr
doeth, a finnau'n ei thrin hithau fel merch ifanc gan ei bod
ddeng mlynedd a mwy yn iau na fi.

Byddai'r swydd yn golygu symud, neu fod i ffwrdd
ran o'r wythnos o leia. Mynegais ychydig o dristwch am
hynny, cyn ei hannog i ddilyn ei breuddwyd a chyflawni ei
photensial. Fe fyddai'n braf cael chydig ddyddiau heb Sali
o gwmpas. Llonydd i sgwennu. Mae hynny wedi mynd yn
bwysicach ac yn bwysicach i mi fel dw i'n mynd yn hŷn.
Mae angen i mi wthio geiriau i mewn i'r dyddiau, neu efallai
mai tynnu geiriau allan o'r dyddiau dw i. P'un bynnag ydi o,
mae angen eu gosod yn rhywle fel eu bod yno yn gofnod o
fy modolaeth, ac fe fyddai'n braf cael dyddiau meudwyaidd
i wneud hynny'n well. Ac mi ydw i'n sgwennu'n well. Dyna
pam nad ydi pobl – adolygwyr a llawer o fy hen ddarllenwyr
– yn deall yr hyn dw i'n sgwennu. Mae pobl wedi mynd
yn ddiog. Ac wrth i mi ystyried hynna, dechreuais feddwl

tybed a fyddai Efa'n deall. Tybed a oedd hi'n ddiog ac yn ddwl neu tybed oedd hi'n rhywun a fyddai'n deall …

Bu bron i mi ofyn i Sali be ddylwn i wneud. Ond mi oeddwn i'n gwybod be fyddai Sali'n ei ddweud.

'Siŵr iawn bod rhaid i chdi ei chyfarfod, Steff. Dy ferch, dy gig a gwaed, dy unig blentyn. Wyt ti isio mi ei gwadd i fama i swpar?'

Mae gan Sali fab a merch sy'n ei ffonio unwaith yr wythnos, y mab yn ffonio ar nos Lun a'r ferch yn ffonio ar nos Fercher fel arfer. Mae'n ymweld â nhw mor rheolaidd â phosib, ac mae'r tri ohonynt yn cofio pen-blwyddi naill a'r llall yn ddi-ffael. Mwya tebyg mai ym mis Ionawr y ganwyd Efa – dw i'n cofio bwtsias y gog a'u hoglau mor gryf nes ei fod i'w glywed trwy ffenest agored llofft Rhyd y Gro. Oes yn ôl.

Rhyd y Gro

Mi fyddai Lora wedi gadael i'r llofft fod yn wag a thalu mymryn mwy o rent, ond, yn wahanol i'r ddau arall, mi oedd hi'n ennill cyflog. Ac fe fyddai Steff wedi bod yn ddigon hapus i fod yr unig ddyn yn rhannu tŷ efo dwy ferch, merched a fyddai'n achlysurol yn coginio pryd, neu olchi crys, neu beth bynnag. Ond fe gyrhaeddodd Carys adra ryw bnawn gwlyb â dieithryn wrth ei chwt.

'Rhydian. Mae o angen rhywle i aros.'

Tynnodd Rhydian botel o seidr o'i fag a phecyn bychan papur arian o boced ei jîns.

'Ga i fenthyg Rizla ...?

'Steff. Os ti'n rhannu.'

'Wrth gwrs.' A gafaelodd Rhydian yn y pecyn gwyrdd oedd yn gorffwys ar fraich cadair Steff, tynnu chydig o'r papurau allan a dechrau eu glynu at ei gilydd. Gwthiodd y pecyn i boced ei grys. Hanner cododd Steffan o'i gadair, tynnu'r pecyn Rizla o'i boced a'i osod yn ôl ar fraich y gadair.

'Fanna mae o'n byw.'

Camodd Carys heibio'r ddau i roi coedyn arall ar y tân. Ar ôl iddi hi neud a chyn iddi hi gael cyfle i gamu'n ôl tynnodd Steff hi i lawr i eistedd ar ei lin.

'A fanna mae hitha'n byw?' holodd Rhydian gan deimlo yn ei bocedi am fatsis y gwyddai nad oeddynt yno.

'Weitha,' atebodd Carys a chodi oddi ar lin Steff, gafael mewn bocs matsis oddi ar y silff ben tân a'i daflu i Rhydian.

Erbyn i Lora gyrraedd adra roedd pawb yn ffrindia gora. Tynnodd Lora bob math o becynnau o'i bag a'u gosod ar y bwrdd.

'Mae Lora'n gweithio yn y Royal Goat,' esboniodd Carys.

'A 'da ni'n byw ar sbarion Saeson,' ychwanegodd Steff.

Chwarddodd Rhydian.

'Pam ddim gadael iddyn nhw dalu am ein bwyd ni?'

Estynnodd am goes cyw iâr oer, a chododd Lora ei haeliau ar y ddau arall.

'Rhydian. Mae o'n symud mewn i'r llofft gefn am chydig.'

'Croeso i Ryd y Gro, Rhydian,' meddai Lora gan gymryd y *joint* oddi arno, eistedd i lawr a thynnu'r mwg i mewn. 'Mi fyswn i wedi gallu neud efo hwnna pnawn 'ma, roedd y diawled yn fwy digywilydd a thrafferthus nag arfar.'

'Petha fel'na ydyn nhw, meddwl mai nhw sydd bia bob man.' Gwyliodd Rhydian wynebau'r tri arall i weld be oedd eu hymateb.

Gwenodd Carys arno. 'Nhw sydd bia'r rhan fwya o lefydd.' Trodd at Lora a Steff. 'Mae'r Allt Fach wedi'i werthu. Teulu o Bath.'

'Sut ti'n gwbod?'

'Nes i siarad efo nhw. Pan es i am dro. Pobl glên.'

Gwgodd Steffan a chododd Carys oddi ar ei lin am yr eildro. 'Gad i mi ddangos y llofft a ballu i ti, Rhydian.'

Gafaelodd Rhydian yn ei fag a'i dilyn i fyny'r grisiau moel ac i mewn i'r llofft fechan yng nghefn y tŷ. Roedd yno gwpwrdd bychan, cadair a gwely, ac uwchben y gwely crogai gwe pry cop crwn o edau liwgar a phlu amryliw.

'I ddal dy freuddwydion,' esboniodd Carys.

'A be dw i'n neud efo nhw ar ôl eu dal nhw?'

'Rhwystro'r hunllefau rhag dy gyrraedd di mae o.'

'Ydi o'n gweithio?'

'Ddim bob tro. Ond falla nad ydw i wedi gosod fy un i yn yr union le iawn.'

Gadawodd Carys Rhydian yn ei stafell newydd. Eisteddodd

ar y gwely a bownsio arno ychydig o weithiau fel petai'n ceisio penderfynu a oedd yn ddigon cyfforddus ac a oedd am aros neu beidio. Taflodd ei hun i orwedd ar ei hyd ar ei gefn a syllodd ar y nenfwd ac ar y daliwr breuddwydion a oedd yn siglo'n ysgafn yn ôl ac ymlaen yn yr awel a ddeuai o'r ffenest agored.

'Dal hunllefa o ddiawl.'

Eisteddodd i fyny'r un mor sydyn ag yr oedd wedi gorwedd a dechrau gosod ei ychydig ddillad yn y cwpwrdd. Gwthiodd ei waled i mewn i hosan a'i thaflu i ganol gweddill ei sanau mewn drôr. Aeth i'r ystafell ymolchi drws nesa i'r llofft, gosod ei frwsh dannedd yn y mwg efo'r tri arall a chrogi ei liain ar gefn y drws. Aeth i biso, golchi'i ddwylo a chychwyn i lawr y grisiau. Clywodd eu sgwrs yn distewi wrth iddynt glywed ei gamau. Cododd Lora a thynnu LP Stivell o'i chas a'i gosod i droi. Gwenodd Rhydian arni.

'Dulyn. Mi oeddwn i yno.'

'Wir?'

'Fyswn i ddim yn deud clwydda 'tha ti, Lora.'

Trodd Lora oddi wrtho a hanner dawnsio wrth glirio gweddillion y sbarion oddi ar y bwrdd.

Efa

Mi ganodd y ffôn unwaith, ond ei ddiffodd o wnes i. Nid ei ddistewi ond ei ddiffodd yn llwyr. Meic oedd yna. Meic rhesymol, call a fagwyd gan fam a thad priod sydd yn dal yn briod â'i gilydd ac yn byw yn Llanparchus ac yn edrych ymlaen at ymddeol. Mi aethon nhw ar fordaith llynedd – pentref gwyliau glân, glân yn nofio yng nghanol Môr y Canoldir. Ond bu cyfle i weld Lanzarote a Barcelona a gyrru cardiau post o'r Sagrada Família at Meic a'i ddwy chwaer. Gwyliau gwâr.

Pam bod yn gymaint o hen ast? Dw i ddim yn arfer bod. Rhyw genfigen fach dawel ydi o fel arfer ac ysfa i ymwthio yn ddistaw bach, bach i mewn i fagwraeth llyfr Ladybird Meic. Ond mae yna rai adegau pan dw i isio sgriblo ar y tudalennau efo creion du. Ac roedd y diwrnod hwn yn un ohonynt.

Roedd Mam a'i llythyr wedi sgriblo ar draws fy nhudalen i, yn doedd? Nid efo creion ond efo brawddega wedi'u sgwennu'n ofalus efo beiro ac wedi'u gyrru mewn amlen gyda nodyn wedi'i deipio gan berson dienw a honnai ei bod, neu ei fod, yn ffrind i Mam. Esboniodd ei bod, neu ei fod, wedi gaddo y byddai'n anfon y llythyr ataf pan fyddwn i'n ddeg ar hugain. Drama o'r tu hwnt i'r bedd. Doedd ateb syml byth yn ddigon i Mam.

'O lle mae'r llefrith yn dod, Mam?' 'Wel, ymhell i ffwrdd, yn uchel ym Mynyddoedd Lactose mae yna afon wen, wen …'

'Mae Miss Jones isio ni fynd a rhywbeth llwyd i'r ysgol efo ni fory.' Ac fe fynnodd Mam ddod a'r mul oedd gennym a'i adael yn pori ar y cae chwarae tan dri o'r gloch, a finna'n gwrthod dod allan o'r ysgol am fod gen i ffasiwn gywilydd.

'Pwy ydi Dad?' Ac mae hi'n aros blynyddoedd cyn ateb. 'Mi oeddwn i wedi gaddo iddo fo, Efa, na fyswn i, tra byddwn i fyw, yn dweud wrthat ti pwy oedd dy dad. A dw i wedi cadw at fy addewid yn do? Dw i'n meddwl y gwneith o werthfawrogi mod i wedi bod mor glefar efo geiria. Er dwn i'm chwaith … Cofia fi ato fo beth bynnag …'

Ac mi oeddwn i'n adnabod yr enw. Dw i ddim yn ddarllenwr mawr, ond mi oeddwn i wedi clywed yr enw. Roedd Meic wedi darllen dau o'i lyfrau. Ac wedi'u heitha mwynhau.

'Dw i'n meddwl bod 'na lun ar gefn clawr yr un am yr Eidal.'

Cododd i fynd i chwilio amdano. Nage, nid i chwilio amdano, mae Meic yn gwybod lle mae'i lyfrau i gyd. Ac adeg honno, wrth gwrs, nes i ffrwydro.

'Na! Dw i ddim isio'i weld o.'

A rhoi côt amdanaf ac allan o'r tŷ ac i'r car ac at yr eglwys. Ac mi gymerodd awr neu ddwy i mi sylweddoli, neu i gyfadda, mai be oeddwn i isio fwy na dim byd oedd ei weld o. Nage … Dw i'n bod yn hen bedant bach ynglŷn â geiria heddiw! Nid isio, ond angen. Be oeddwn ei angen fwy na dim byd oedd ei weld o.

A gyrru'r e-bost am fod rhaid wnes i.

Steffan

Hyd y gwn i Efa ydi'r unig un. O leiaf wnaeth yr un ddynas arall ddod ata i a dweud ei bod yn feichiog ac mai fi oedd y tad.

Hel meddyliau, methu cysgu, oeddwn i. Roeddwn i wedi dod adra o dŷ Sali'r noson honno. Mae'n well gen i gysgu ar fy mhen fy hun yn fy ngwely fy hun y dyddiau yma. Neu gysgu efo Llwydrew i fod yn fanwl, ond doedd hi heb ddod adra. Roedd hi dal allan yn rhywle yn hela ac wrth glywed y ceir yn gyrru ar hyd y ffordd, ddau gae i ffwrdd, mi oeddwn i'n poeni amdani. Doedd yna ddim llawer o geir yr adeg yna o'r nos, ond mi oeddan nhw'n gyrru'n gyflym ar y darn syth gyferbyn â'r tŷ.

Un gath, un ferch. Petai gen i lond tŷ o blant a fyddwn i'n poeni gymaint am Llwydrew? Petai gen i lond tŷ o blant a fyddai e-bost Efa'n fy mhoeni gymaint? Ceisiais ddychmygu teulu mawr, blêr a fyddai'n croesawu hanner chwaer arall i'w plith, teulu lle na fyddai bwys bod yna un ychwanegol wrth y bwrdd gan nad oedd y llestri na'r cadeiriau yn un set gyflawn beth bynnag. Mae'n siŵr fod Efa wedi cael teulu felly yn barod. Tipyn o hipi oedd ei mam; mi allwn ei dychmygu gyda nythaid o blant, ac ieir yn crwydro i mewn i'r gegin, plant noeth â thraed budr yn syrthio i gysgu ar y soffa a'r oedolion yn eistedd tu allan yn smocio dôp.

A doeddwn i ddim isio hynny. Edrychais ar y cloc bychan oedd ar y bwrdd wrth erchwyn y gwely rhwng fy llyfr a fy ngwydryn o ddŵr. Hanner awr wedi dau. Ac ambell gar yn dal i ruo ar hyd y ffordd. Bechgyn ifanc yn llawn cwrw a thestosteron ac yn edrych yn y drych ar yr hogan yn y sêt gefn ac yn methu sylwi ar rywbeth blewog yn croesi'r ffordd am adref. Ond yna clic plastig drws bach y gath, a chyn i Llwydrew gyrraedd y llofft a neidio ar y gwely mi oeddwn i'n cysgu.

Hi wnaeth fy neffro yn y bore. Pawennau melfed yn ysgafn, ysgafn ar fy moch a finna'n gwybod petawn i ddim yn codi ac yn bwydo'r dywysoges y byddai'r ewinedd yn dod i'r golwg. Ar ôl ei bwydo es â fy mhot coffi at y cyfrifiadur ac edrych eto ar e-bost Efa. Roedd yn e-bost tawel, cwrtais. Ond cliciais ar 'reply', rhag ofn.

Annwyl Efa,

Mae'n amlwg …

Dw i'n sgwennwr proffesiynol, mae mil o eiriau mewn diwrnod yn ddiwrnod gwael iawn. Ond mi gymerodd awr a mwy i mi sgwennu hanner cant o eiriau i Efa.

Gobeithio dy fod yn deall.

Dymunaf bob hapusrwydd i ti.

Steffan Owen

Rhyd y Gro

Cerddodd y postmon i mewn trwy'r drws agored di-dwll llythyrau a thaflu'r amlenni ar y bwrdd.

'Post, blantos!' A throdd ar ei sawdl.

Daeth Rhydian o'r gegin gefn er nad oedd o'n disgwyl unrhyw beth gan na wyddai neb 'mo'i gyfeiriad newydd. Edrychodd trwy'r llythyrau. Estynnodd un i Steff wrth i hwnnw ddod i lawr y grisiau.

'Y Dr Steven John Owen, dw i'n cymryd? Neu oes 'na rywun arall yn byw yma dw i heb ei gyfarfod eto?'

'Ia, fi ydi o.' Cymerodd Steff y llythyr, ei blygu yn ei hanner heb edrych arno bron a'i wthio i boced gefn ei jîns.

'Impressive.'

'Mond matar o eistedd ar dy din yn sgwennu.'

'Newidith hynny 'mo'r byd, Steven. Mi oedd o'n gwbod hynny,' nodiodd Rhydian i gyfeiriad poster o Che Gueveara oedd ar y wal.

'Mi oedd o'n ddoctor.'

'Doctor go iawn. Ddim dyna wyt ti, nage, Steff?'

'Archeoleg. A chditha?'

'Dim byd leni. Mi oeddwn i'n sâl fis Hydref. Falla yr a' i'n 'ôl flwyddyn nesa.'

'I neud be?'

'Gwleidyddiaeth eto mwya tebyg. Er falla mai dyna nath fi'n sâl.'

Roedd Steff wedi gwneud dwy banad ac fe aeth y ddau i eistedd allan i'w hyfed. Ychydig gaeau yn is i lawr y llechwedd gallent weld y teulu o Bath yn yr Allt Fach, y rhieni'n peintio'r ffenestri a'r plant yn chwarae'n swnllyd. Prin oeddan nhw'n clywed unrhyw sŵn yng ngardd Rhyd y Gro, ond roeddan nhw'n gwbod eu bod nhw'n cadw twrw. Tynnodd Rhydian wn dychmygol o'i wregys a'u saethu. Anelu at bob un yn unigol, ac yn amlwg, eu taro'r tro cyntaf.

'A rŵan,' meddai gan wthio'r gwn dychmygol yn ôl i'r holster dychmygol, 'mi all 'na deulu bach Cymraeg brynu'r lle a magu llwyth o blant.'

'Nid fel'na mae newid petha.'

Estynnodd Rhydian yn ei flaen a chyffwrdd yn ysgafn yn y bathodyn Tafod y Ddraig oedd ar siaced ddenim Steff.

'Fel hyn? Llwyddiant ysgubol 'tydi.'

'Wel o leia 'da ni'n neud rwbath. Ddim jest saethu pobl efo gynna dychmygol.'

'Ydach.' A doedd yna dim posib deud a oedd Rhydian yn bod yn goeglyd neu beidio. Ac yna fe drodd y stori.

Fe gysgodd Carys efo Steff y noson honno. Weithiau roedd hi'n gwneud, heb unrhyw fath o drafodaeth am y peth, a doedd o byth yn gwybod pryd y byddai hynny'n digwydd. Ond roedd croeso iddi hi bob tro. Nosweithiau eraill byddai'n mynd i'w llofft ei hun heb gymaint â chusan a Lora'n sylwi ac yn ceisio codi ei galon. Ond yr unig beth a fyddai'n ei gysuro oedd y ferch noeth yn sleifio i'w wely rywbryd yn yr oriau mân. Neu'n well byth mynd i fyny'r grisiau i'w wely a chanfod Carys yno, yn cysgu ond yn hawdd ei deffro.

Ac yna fe fyddai'r ddau yn gorwedd yno yn y tywyllwch yn sgwrsio, yn dweud pethau nad oedd posib eu dweud yng ngolau dydd, pethau na fyddent yn cyfeirio atynt ar ôl iddi hi wawrio. Unwaith roedd Steffan wedi dweud wrth Carys ei fod yn ei charu. Trodd ato a gosod ei bys ar ei wefus.

'Paid â deud hynna, paid â deud hynna eto.'

'Pam?'

'Dw i ddim isio i neb 'y ngharu i.'

'Ond rhywbryd, Car ...'

'Pan fyddi di wedi achub yr iaith ac wedi darganfod bedd Arthur.'

Taniodd Steff ddwy sigarét a phasio un i Carys. Agorodd y llenni rhyw ychydig a gadael i olau'r lleuad lifo ar draws eu traed.

'Wnei di beintio baneri i ni ar gyfer dydd Sadwrn?'

'Os ydi'r stwff gen ti. Sgen i ddim pres i achub dy iaith di, Steff bach.'

Gwenodd Steffan. 'Dy iaith di hefyd. A phlant ein plant.'

Chwythodd Carys fwg i'w wyneb. 'Dim ffiars o beryg. Dw i'n gneud yn siŵr o hynna.'

Y pnawn wedyn aeth Carys i'r ardd efo'r hen gynfasau a'r cardfwrdd a'r paent. Roedd Steff wedi rhoi rhestr iddi o'r sloganau oedd eu hangen. Ar ôl ychydig ymddangosodd Rhydian wrth ei hysgwydd.

'Chditha hefyd?'

'Be, ti'n anghydweld?' holodd Carys gan bwyntio at y 'Tai' a 'Gwaith' yn sychu yn yr haul.

'Nag ydw siŵr.'

'Wel, os felly mae 'na frwsh arall yn fanna. Mi fedri di lenwi'r llythrennau 'ma mewn.'

Gweithiodd Rhydian yn ddiwyd ac yn daclus a gwenodd Steff pan gyrhaeddodd adref a gweld y ddau wrthi.

'Falch dy fod am gefnogi, Rhydian.'

Atebodd Rhydian ddim, dim ond dal ati i beintio. Ond wnaeth o ddim mynd efo Steff a Carys y Sadwrn hwnnw chwaith.

'I be wna i ddangos fy wyneb iddyn nhw? A beth bynnag, mae gen i betha i'w gneud.'

Efa

'Bastad!'

Flynyddoedd yn ôl mi oedd gen i gariad oedd yn hoffi i mi regi – yn y gwely a thu allan iddo. Ond nid Meic oedd hwnnw. Gwgodd arna i dros ei fiwsli. Tydi o ddim yn licio mod i'n edrych ar fy e-byst wrth y bwrdd brecwast beth bynnag. Ac yna fe sylweddolodd fod 'na rwbath yn bod go iawn. Daliodd i edrych arna i a'i lwy hanner ffordd i'w geg.

'Rho'r blydi llwy 'na yn dy geg neu 'nôl yn y ddysgl.'

Gosododd y llwy yn ôl yng nghanol y llefrith a'r cnau a'r cyrens a'r ceirch.

'Dy dad?'

Weithia mae o'n rhy dda, rhy neis, rhy annwyl, rhy rwbath.

'Nage. Y dyn 'na nath fy nghenhedlu.'

Cododd a cherdded rownd y bwrdd ac edrych dros fy ysgwydd ar yr e-bost gan orffwys ei law yn ysgafn ar fy ngwar a symud ei fawd yn ôl ac ymlaen ar fy moch. Arafodd rhythm ei fawd wrth iddo ddarllen.

'Wel, dyna fo 'de, Efs. Ti'n yr un sefyllfa ag oeddat ti chydig dros wythnos yn ôl.'

Dychwelodd at ei ddysgl gyferbyn â fi, ailafael yn ei lwy a gadael llonydd i mi ddarllen yr e-bost eto sawl gwaith. Roedd o wedi ei eirio mor dwt, mor rhesymegol. Doedd yna ddim bwlch bychan lle y gallwn wthio fy hun yn ôl ato i ofyn unrhyw beth. Doedd yna ddim un cymal oedd yn gadael i mi ddweud 'Ond, be am …' Drws wedi'i gau oedd o. Nid wedi ei gau efo chlep a bolltau trymion wedi'u gwthio i'w lle, ond wedi ei gau yn dawel a phendant a'r dyn 'ma yr ochr arall iddo wedi cerdded i ffwrdd i lawr y coridor heb hyd yn oed ei gloi gan ei fod yn hollol, hollol sicr na fyddwn i'n ei agor.

Diolch byth, roedd gen i rywbeth syml i'w wneud yn y gwaith y diwrnod hwnnw – aceri o galedfwrdd i'w beintio'n felyn a phiws. Cymaint ohono fel bod y darn cyntaf wedi sychu ac yn barod am yr ail got erbyn i mi orffen rhoi'r gôt gyntaf i'r darn olaf. Yn llythrennol, wnes i ddim byd ond peintio trwy'r dydd. Peintio a thrio meddwl sut y gallwn i ateb yr e-bost 'na mewn modd a fyddai'n ei orfodi i … Doeddwn i ddim yn siŵr be oeddwn i isio ei orfodi i'w wneud. Fy nghyfarfod o leia, mi fyddai hynny'n ddechra. Falla na fyddwn i'n ei licio fo, falla na fyddwn i isio cyfarfod arall. Oedd y diawl hunanbwysig, hunangyfiawn, hunan … hunanol, dyna oedd y gair, wedi ystyried hynny?

Peintiais ddarn oedd i fod yn felyn yn biws.

'Bastad!'

'Panad, Efa? Tydi bod yn *stressed* ddim yn dda i fabis yn y groth.'

Lora, ein mam ni oll. Mi fyddai'r cwmni wedi hen fynd i'r gwellt hebddi. Hi ydi'r un sy'n llenwi ffurflenni grant, yn diweddaru'r safle we, yn tawelu awduron sy'n poeni bod eu blydi babis yn cael eu cam-drin gan gyfarwyddwyr dibrofiad a hi ydi'r un sy'n gwneud panad pan mae angen un.

'Te gwyrdd efo lemon. Wyt ti isio mêl yno fo?'

'Yndw, plis.' A dw i isio cael fy lapio mewn blancad a fy ngosod ar y soffa a'm gadael i wylio cartŵns trwy'r pnawn. Ond wnes i ddim dweud hynny wrth gwrs. Dim ond codi llond llwy o fêl o'r pot a gadael iddo doddi yn y te poeth.

'Sgin y bastad 'ma enw?'

'Wedi peintio'r darn anghywir oeddwn i.'

'O, ia,' a'r geiriau yn hir ac yn anghrediniol. Roedd hi bron iawn yn chwerthin am fy mhen. 'Ond mae'n iawn os ti ddim isio deud,' ychwanegodd. Ac mi oeddwn i'n gwybod fod hynny'n iawn gan Lora. Dim ond rhoi cyfla i mi oedd hi. Ac eto, wnaeth hi ddim llwyddo i adael y pwnc yn llwyr.

'Ddim Meic, gobeithio?'

Roedd Lora'n hoff o Meic. Falla am iddi weld y rhes hir o ddynion oedd wedi ei ragflaenu. Mi ddudodd hi rywbryd, mewn rhyw barti diwedd taith pan oedd pawb wedi cael chydig gormod o win, 'Biti 'swn i a dy fam ddim wedi ffeindio rhyw Feic.' A fynta'n ddigon o ŵr bonheddig i roi ei fraich o'i hamgylch a dweud, 'Biti 'swn i o gwmpas pan oeddach chi'n iau, Lora.'

'Ia, fysa ti ddim yn dweud chi 'tha fi'n un peth!' Oedd yn syndod o ffraeth o ddynas mor chwil.

'Na, ddim Meic.'

Mi agorodd un ohonom bacad o fisgedi sinsir. Roedd yna wastad fisgedi sinsir yn y tun ers y diwrnod roedd Lora wedi deall mod i'n feichiog. Dwn i ddim oeddan nhw'n gwneud unrhyw wahaniaeth i'r chwdu, ond mi oedd pawb yn hoff ohonyn nhw beth bynnag.

''Da chi ddim yn ei nabod o.'

Fi oedd yr unig un yn y cwmni, heblaw ambell i hogan fach ar brofiad gwaith, oedd yn dweud 'chi' wrth Lora. Mi wnes i drio newid, mi oeddwn i isio newid, yn sicr mi oedd Lora am i mi newid. Ond methu wnes i.

'A be mae o wedi'i neud i ti?'

'Dim byd. Diawl o ddim byd. Dyna ydi'r drwg.'

'Wyt ti wedi dweud wrtho fo be ti isio fo neud?'

Atebais i mohoni, dim ond gostwng y fisgeden yn araf

i'r te ac yna difaru wrth weld darnau yn dod yn rhydd ac yn suddo i waelod y mŵg.

'Ti'n gwbod be dw i wedi'i ddysgu, Efa – os ti isio rhywun wneud rhywbeth y peth gorau ydi rhoi dewis o ddau neu dri pheth iddyn nhw. Maen nhw'n teimlo wedyn bod ganddyn nhw reolaeth dros y sefyllfa. Ond mae pob un o'r dewisiada, wrth gwrs, yn betha 'sa ti'n fodlon efo nhw. Jest deud dw i.'

Cymerodd fisgeden arall.

'Pryd elli di orffen y gwaith peintio diflas 'na, Efa fach? Gweithio'n hwyr heno neu ddod i mewn yn gynnar bore fory?'

A dyma'r ddwy ohonom yn dechrau chwerthin yn wirion.

Steffan

Dw i'n gwaredu at ddiffyg trefn Sali weithia. Mae hi'n colli petha yn rheolaidd. Biliau yn pentyrru, nid oherwydd diffyg arian, ond oherwydd diffyg trefn. Petai ganddi gloc ar y silff ben tân fe fyddai pob llythyr yn cael ei wthio y tu ôl iddo. Gan nad oes ganddi gloc maen nhw'n pentyrru ar fwrdd a sil ffenast. Mae ei chyfrifiadur 'run peth – ffeiliau blith draphlith a'r desgtop yn llawn o bethau wedi eu gosod yno dros dro. Ac mae'n cadw pob e-bost. Mae'r e-byst a yrrais pan gychwynnodd ein perthynas yn dal ganddi – pethau nad ydw i bellach yn cofio'u dweud. Mi alwith fi draw at ei sgrin weithia os dw i yna, 'Sbia! Ti'n cofio sgwennu hwn ata i ar ôl …' Tydw i ddim ran amla, ond dw i ddim yn cyfadda hynny.

Wythnos ar ôl i mi ei ateb roedd e-bost Efa'n dal gen i. Doeddwn i ddim am agor ffeil ar ei gyfer gan y byddai, wrth gwrs, yno ar ei ben ei hun. Ac eto, doeddwn i ddim yn gwasgu'r botwm dileu ac felly mi oedd yno bob bore pan oeddwn i'n delio efo popeth arall, ac yn cael ei adael yno bob nos pan oeddwn i'n diffodd y cyfrifiadur cyn tywallt wisgi bach i mi fy hun.

Ac yna fe ddaeth un arall. A dw i'n gwybod i mi, am hanner eiliad, am chwarter eiliad, llai efallai, wenu cyn gwgu. Rhywsut doedd o ddim bwys be oedd hi'n mynd i'w ddweud yn yr e-bost; am yr hanner eiliad hwnnw mi oeddwn i'n falch nad oedd hi'n rhywun llywaeth a oedd yn derbyn yr ateb cyntaf. Beth bynnag roedd hi am ei ddweud, roedd yna ddigon o gythral ynddi hi i ateb 'nôl. Ac wedyn mi oeddwn i'n ei diawlio am fod yn ddynas hurt oedd yn gwrthod derbyn 'na' yn ateb.

Fatha ddudodd hi wrtha i wedyn, ymhell wedyn, 'Mi wnest ti agor yr ail e-bost, yn do, Steffan?'

Roedd o'n e-bost cwrtais, gwylaidd hyd yn oed. Esboniodd y byddai'n dod i'r ŵyl lenyddol yna yn y canolbarth ddiwedd y mis ac y byddai'n dod i wrando arnaf yn siarad. Gallai'r achlysur hwnnw, pabell gyhoeddus, fod y tro cyntaf i ni dorri gair, neu efallai y byddai'n well gen i gyfarfod cyn hynny. Fe fyddai'n gadael i mi benderfynu. Y peth od oedd nad oedd o'n teimlo fel bygythiad, nad oeddwn i'n teimlo fel petawn i wedi cael fy ngwthio i gornel, er ei bod hi'n hollol amlwg fy mod i.

Awgrymais dafarn, taith ryw dri chwarter awr i'r ddau ohonom, tafarn y gwyddwn ei bod yn dawel ac yn un a fyddai'n gwneud coffi ganol pnawn. Ac awgrymais ddyddiad, dyddiad cyn yr ŵyl a dyddiad oedd yn gyfleus i mi. Ailddarllenais yr e-bost unwaith cyn ei yrru. Eiliad neu ddwy wedyn clywais Sali'n dod trwy'r drws ffrynt.

'Ti'n brysur, cariad?' gwaeddodd o waelod y grisiau. 'Dw i wedi dod â phob math o bethau neis i ginio.'

Gallwn ddychmygu'r bagiau gorlawn ar fy mwrdd cegin a Sali'n symud pethau yn fy oergell wrth gadw cynnwys y bagiau.

'Rho ddeg munud i mi orffan hwn!'

Agorodd Llwydrew un llygad ac ymestyn un bawen yn ddiog tuag ataf. Syllais ar sgrin wag a mwytho'r gath am ddeg munud.

'Te 'ta coffi, Steff?'

Edrychais unwaith eto'n sydyn ond nid oedd ateb wedi dod i'm he-bost. A doedd yna'n dal ddim ateb pan ddychwelais at fy nesg ar ôl i Sali fynd adref.

Rhyd y Gro

Y diwrnod ar ôl y rali a chyflwyno'r ddeiseb fe benderfynodd Lora neud cinio dydd Sul go iawn. Roedd y gegin yn llawn ager, aroglau cyw iar yn rhostio'n llenwi'r tŷ a'r tri arall wedi cael cyfarwyddyd i osod y bwrdd a chadw allan o'i ffordd.

'Ti'n siŵr nad wyt ti isio help?' holodd Rhydian, a Steff a Carys yn chwerthin gan eu bod yn gwbod o brofiad nad oedd diben cynnig.

'Paid â phoeni, Rhydian,' galwodd Steff arno o ddiogelwch y fainc ger y drws, 'ni'n tri sy'n golchi llestri. Mi fydd Fanny Cradock yn eistedd yn fama wedi ymlâdd wedyn.'

Ac fe eisteddodd y tri ar y fainc yn gwrando ar ganu a rhegi a llestri'n clindarach. Ac ymhen tipyn fe ymddangosodd Lora gyda lliain sychu llestri budr yn crogi yn daclus dros ei braich.

'Mesdames et messieurs, le déjeuner est prêt.'

'A hen bryd hefyd, gaethferch,' chwarddodd Steff gan roi slap ysgafn i Lora ar ei thin, ac yna gosod ei law yn ysgafn ar din Carys am funud.

'Tyd ti eistedd wrth 'yn ochr i, Rhydian,' meddai Carys gan roi ei braich trwy'i fraich yntau. 'Ti'n gwbod sut i gadw dy ddwylo i chdi dy hun.'

A thrafod hawliau merched fu pawb trwy'r pryd, gyda Steff yn trio troi'r stori bob yn hyn a hyn gan fynnu bod 'na bethau pwysicach i ymladd drostynt, bod yna broblemau mawr trwy'r byd oedd yn gwneud pinsio tinau merched Cymru'n ddibwys.

'Wel, yn sicr, chwarae plant 'da ni yng Nghymru.' Ac roedd yna rwbath yn y ffordd y dwedodd Rhydian hynny a ddaeth â'r sgwrs i ben.

Dim ond yn hwyr y noson honno, ar ôl i Carys a Lora fynd i'w gwlâu, yr aethpwyd yn ôl at y trywydd hwnnw. Roedd wisgi wedi gwneud Steff yn ddigalon. Doedd dim oedd yn cael ei wneud yn mynd i achub yr iaith, dim byd yn mynd i rwystro'r mewnlifiad, dim byd yn mynd i warchod y cadarnleoedd. Tywalltodd fwy o wisgi iddo fo'i hun ac i Rhydian.

'Ti'n iawn, Rhydian, blydi chwarae plant 'da ni. Canu ffidil tra bo Rhufain yn llosgi a rhyw ystrydebau crap felly.'

Cymerodd Rhydian sip o'r gwydryn dŵr oedd wrth ochr ei wydryn wisgi. 'Fysa ti'n fodlon neud mwy?' gofynnodd.

Y bore trannoeth gofynnodd Rhydian yr un cwestiwn eto. 'Meddwl 'sa well i mi ofyn i ti eto a titha'n sobr.'

'Gofyn be?' holodd Carys gan ymddangos yn ddistaw y tu ôl iddynt.

'Busnas dynion.'

'Paid â dechra hynna eto. Supermen a gwrol ryfelwyr bob un ohonoch, tydach?'

'Tros ryddid collasant eu gwaed,' canodd Rhydian.

'Gen ti lais neis, Rhydian,' meddai Carys. Ond doedd Rhydian ddim yn edrych arni, dim ond yn edrych i fyw llygaid Steff.

'Yr un ydi'r ateb bore 'ma hefyd,' meddai hwnnw, a chael fflach o wên gan Rhydian cyn i hwnnw droi'r stori gyda'i ddawn arferol.

Bu bron i Steff ddechrau credu ei fod wedi dychmygu'r holl sgwrs gan i bythefnos fynd heibio wedyn cyn i Rhydian sôn gair. Ond wnaeth o ddim amau am funud mai siarad gwag oedd cwestiwn Rhydian, dim ond amau mai fo oedd wedi camddeall, wedi dychmygu'r holl beth. Rhyddhad nad oedd o'n ffwndro oedd ei ymateb cyntaf pan ofynnodd Rhydian iddo un bore a oedd o'n gallu gyrru car.

'Dim mwy na gyrru. A chau dy geg.'

A dyna'r cwbl wnaeth o'r noson honno. Chafodd o ddim ei gyflwyno i'r ddau arall yn y car a wnaethon nhw ddim siarad efo fo nac efo'i gilydd. Rhydian oedd yr unig un siaradodd a hynny dim ond i roi cyfarwyddiadau iddo fo.

'Aros yn fama. Os byddan ni'n hirach na hanner awr cer adra.'

Ond mi oedd y tri yn ôl cyn pen yr hanner awr a phan glywodd Steff ar y radio'r bore trannoeth fod yna dŷ haf arall wedi mynd yn wenfflam, teimlodd ryw ias. Edrychodd ar draws y bwrdd gan geisio dal llygad Rhydian, ond roedd hwnnw wrthi'n rhoi menyn ar ei dost fel petai e heb glywed. Lora oedd yr unig un i wneud sylw.

'Dw i ddim yn cyd-weld efo'u dullia, ac eto dw i'n gwenu bob tro dw i'n clywed bod 'na un arall wedi'i chael hi.'

Efa

Wnes i ddim dweud wrth Meic. Neu o leia wnes i ddim dweud wrtho fo cyn i mi fynd yno. Diolch byth doedd o ddim yn y tŷ i 'ngweld i'n newid fy nghrys hanner dwsin o weithia. Mi wnes i ddweud wrtho'r noson honno lle roeddwn i wedi bod. Ond wnes i ddim disgrifio'r ofn, ofn oedd yn gwneud i mi yrru'n wael iawn nes i rywun ganu'i gorn arna i a dod â fi at fy nghoed.

'Sori,' medda fi gan orffwys fy llaw ar fy mol ac ymddiheuro i rwbath yn fanno nad oedd yn gallu amgyffred na char na pherygl.

A 'sori' oedd gair cyntaf Steffan wrtha i.

'Mae'n ddrwg gen i mod i'n hwyr,' meddai gan edrych ar fy ngwydryn hanner gwag.

Mae'n rhaid mod i wedi edrych yn wirion arno oherwydd mi wnaeth rywbeth y dysgais wedyn nad oedd o'n ei wneud yn aml – ama'i hun. Neu a bod yn fanwl, bedantig, gywir – cyfadda ei fod yn ama ei hun.

'Efa? Chdi ydi Efa'n te?'

Doedd 'na neb arall yn y dafarn, felly roedd 'na siawns reit dda mai fi oedd y ddynas roedd o wedi trefnu i'w chwrdd. Mae'n siŵr fod yna bosibilrwydd mai rhywun arall oeddwn i a bod Efa wedi penderfynu aros adra, neu fod y boi ganodd ei gorn arna i heb wneud hynny ond yn hytrach wedi methu fy osgoi. Sicrheais y dieithryn o mlaen mai fi oedd Efa, gwrthodais ei gynnig i gael diod arall a'i wylio yn cerdded oddi wrtha i at y bar.

Mi oeddwn i wedi dychmygu'r cyfarfyddiad yma dwn i ddim faint o weithiau. Cyn i mi gael gwybod am Steffan hyd yn oed mi oeddwn i wedi dychmygu cyfarfod â fy nhad – wedi dychmygu cofleidio gwyllt, wedi dychmygu cusan ysgafn ar foch, wedi dychmygu ysgwyd llaw yn wresog. Ond wnaeth Steffan 'mo 'nghyffwrdd i, dim ond cerdded oddi wrtha i at y bar i archebu diod. Tydi staff tu ôl i'r bar ganol pnawn mewn tafarnau diarffordd ddim yn brysio, ac fe ges ddigon o gyfle i'w 'studio. Ond chydig iawn dw i'n gofio – dyn main a'i siaced gordyrói ryw fymryn yn rhy fawr iddo. Dw i'n cofio meddwl tybed a oedd o wedi ei phrynu yn rhy fawr neu a oedd o wedi colli pwysau. Deallais wedyn mai anrheg pen-blwydd gan Sali oedd y siaced. 'Tydi hi ddim yn fy ngweld fel yr ydw i, sti, Efa.'

Dychwelodd at y bwrdd gyda hanner o gwrw drafft a wisgi bychan. Dw i'n gwbod erbyn hyn mai Jamesons ydi'r wisgi bob tro mewn tafarn – amrywiaeth o wisgi adra, ond Jamesons mewn tafarn. Roedd o wedi rhoi bwydlen o dan ei gesail.

'Dw i heb gael cyfle i fyta cinio,' esboniodd. 'Wyt ti wedi byta?'

Cyfaddefais nad oeddwn innau wedi byta cinio, a sylweddoli mwya sydyn fy mod yn llwgu. Agorodd y fwydlen fel 'sa ni'n rhannu llyfr emynau yn yr ysgol, ac yno ar y dudalen gyntaf, mewn ffont ddi-chwaeth a Saesneg gwallus roedd y geiriau 'Steve and Eves' Special Starter's'. A dw i'n gwybod petai rhywun wedi ein gweld yn plygu dros y fwydlen ac yn chwerthin y byddent wedi cenfigennu wrth dad a merch oedd â chystal perthynas. Ac yna daeth y dieithrwch yn ei ôl.

Steffan

Mi wnes i ymdrech. Ymdrech i fod yn gwrtais, i beidio dangos emosiwn, i adael iddi hi benderfynu sut oedd pethau i fod. Ond mae'n rhaid i mi gyfaddef mai fy ymateb cyntaf oedd gwironi pa mor dlws oedd hi. Mi fyswn i wedi troi i edrych ar y gwallt hir coch 'na petawn i ond wedi cerdded mewn i'r dafarn ar hap a damwain. Roedd hi'n rhyddhad ei bod hi'n dlws. Dw i'n gwybod na fyddwn i wedi bod yn hapus petai gen i ferch hyll. Na phetai gen i ferch wirion. Ond tydi hi ddim, ddim yn hyll nac yn wirion, diolch byth. Doedd ei mam hi ddim yn hyll.

Roedd hi'n amlwg wedi cyrraedd yn gynnar, neu wedi llowcio ei diod wrth aros. A dim ond diod a sgwrs sydyn oeddwn i wedi bwriadu'i gael, ond sylweddolais wrth sefyll wrth y bar fy mod yn llwglyd. Roeddwn i wedi bod yn brysur yn gweithio a heb fwyta na brecwast na chinio. Dw i'n gallu cofio rŵan be archebodd y ddau ohonom – fe ddewisais i sgodyn a sglodion a hithau omlet. Roedd o'n sgodyn eithriadol o dda, a saws tartare cartref bendigedig. Mi fyddai'n braf mynd 'nôl yna i gael bwyd eto. Mi fyddai hi ddigon braf heddiw i eistedd allan yn yr ardd fechan sydd y tu ôl i'r dafarn. Ond dw i ddim yn meddwl yr a' i yno heddiw.

'Felly be wyt ti am ei wybod, Efa?'

Roedd hi wedi dweud yn yr e-bost bod ganddi bethau yr hoffai eu gwybod. Digon teg. A doeddwn i ddim am iddi fynd oddi yno heb fod wedi holi, heb fod wedi cael atebion os gallwn i roi atebion. Hwn oedd ei chyfle hi.

Ond, er i ni chwerthin am y cyd-ddigwyddiad od yn

y fwydlen, chwithig oedd y sgwrs. Dw i ddim yn siŵr be ofynnodd hi i mi gyntaf. Ac ar ôl i mi ateb y cwestiwn hwnnw bu tawelwch am hir. Llenwi'r tawelwch hwnnw oeddwn i am ei wneud wrth ei holi hi, nid bod gen i ddiddordeb ysol yn ei chariad, ei gwaith, ei thŷ, ei phlentyndod.

'Dw i'n synnu, gafodd dy fam ddim mwy o blant? Mi oeddwn i wastad wedi'i dychmygu efo llond tŷ.'

'Na, dim ond fi.'

Roedd yn anodd dweud a oedd hi'n falch ei bod yn unig blentyn neu beidio. Ac yn anodd dweud a oedd hi'n falch nad oedd hynny wedi newid rŵan, nad oeddwn i'n mynd i allu ei chyflwyno i hanner brodyr a hanner chwiorydd.

'Wnaethoch chi briodi, Steffan?'

'Gad i ni newid rwbath, Efa. Ti. Deud "ti" wrtha i. Mi fysa'n well gen i tasat ti'n deud "ti" wrtha i.'

A dyna pryd y gwnes i sylweddoli fy mod i'n mynd i'w gweld hi eto.

Rhyd y Gro

'Ga i lifft i seinio on, Lor?'

'Maen nhw'n chwilio am rywun tu ôl i'r bar acw, sti, Carys.'

Ond fe wyddai Lora nad oedd 'na lawer o bwynt gadael i Carys wybod am swyddi. Roedd bywyd Carys yn llawn. Ar adegau roedd yn llawn o waith celf, dro arall roedd yn llawn o gymylau duon iselder. Nid fod neb yn ei alw'n hynny, dim ond derbyn bod yna ambell i ddiwrnod pan na fyddai Carys yn codi. A derbyn hefyd y byddai hynny'n pasio ymhen chydig ddyddiau ac y byddai'n ailymddangos yn wên i gyd a'i gwallt wedi'i olchi a'i blethu, a'r cymylau yn cael eu taflu ynghyd â'i dillad budr i'r peiriant golchi.

Rhywbeth newydd oedd y peiriant golchi, newydd i Ryd y Gro beth bynnag. Rhydian gyrhaeddodd un pnawn efo ffrind a fan a pheiriant golchi, a oedd, er ei fod yn sgriffiadau a tholciau, yn gweithio. A moethusrwydd i bawb oedd cael taflu dillad i'w berfedd ac yna eu tynnu allan a'u tannu ar y lein ddillad yn y cae.

'Ond rhaid mi seinio on heddiw, Lor. 'Na i feddwl am y joban.'

Gwelodd Carys wyneb Lora.

'Wir yr.'

'Tyd,' meddai Lora gan fynd allan at y mini bach rhydlyd. 'Belt,' meddai wrth Carys wrth i honno ollwng ei hun i'r sêt isel. Chwarddodd Carys.

'Sori, Mam!'

'A tra dw i'n bod yn fam i ti, pryd wyt ti'n mynd i gymryd Steffan o ddifri?'

Difrifolodd Carys.

'Mi ydw i'n ei gymryd o o ddifri, sti. Beryg y bydd rhaid mi ei gymryd o o ddifri rŵan.'

Er bod Lora wedi gyrru ar hyd y ffordd o Ryd y Gro ganwaith, roedd hi'n lôn ry gul a throellog iddi hi fentro tynnu ei llygaid oddi ar y ffordd. Ond gwyddai fod wyneb Carys yn stiff a chaled fel ei llais.

'Ti ddim?'

Atebodd Carys mohoni, dim ond codi casét oddi ar lawr y car a'i wthio i mewn i'r chwaraewr tapiau. Llanwyd y car gan 'Ddyddiau Da' Hergest. Gadawodd Lora iddynt ganu ychydig linellau ac yna'u diffodd.

'Oeddat ti'n trio?'

'Paid â bod yn wirion.'

'A be nei di am y peth?'

Unwaith eto atebodd Carys mohoni, dim ond gwthio'r botwm fel bod y dyddiau da yn fur rhyngddynt.

Ond y noson honno â'r hogia'n cysgu, fe sgwrsiodd Carys efo Lora am oriau. Sgwrs a aeth rownd a rownd ac yn ôl i'r un lle drosodd a throsodd.

'Tydi'r ffaith bod gen ti hawl i erthyliad ddim yn golygu bod rhaid i ti gael erthyliad. Ac yn y cyfamser falla 'sa'n syniad rhoi'r gora i yfad.'

Cododd Lora ar ei thraed a chasglu'r mygiau budr.

'Ac,' meddai, am y chweched os nad y seithfed gwaith, 'mae'n rhaid i ti ddeud wrth Steffan.'

Cofleidiodd Carys ei ffrind, rhyw gofleidio chwithig braidd gan fod dwylo Lora'n gaeth i'r mygiau budr. Ac yna aeth i fyny'r grisiau gan adael Lora i olchi'r ychydig lestri. A'u sychu a'u cadw a meddwl. Aeth Carys i lofft Steffan, gollwng ei dillad i gyd yn un swp ar lawr a llithro i'r gwely wrth ei ochr. Am unwaith wnaeth Steffan ddim mwy na hanner deffro a gorweddodd Carys yno â'i boch yn stremps masgara yn erbyn ei gefn am sbel. Yna cysgodd hithau a deffro yn y bore a gwenu ar Steffan a charu a chrio wrth ddod.

Efa

Pe na bawn i'n feichiog ac yn rhy ofalus neu'n rhy lwfr i beryglu iechyd y babi, mi fyddwn i wedi tywallt llond gwydraid hael o rywbeth yr eiliad y cerddais trwy'r drws. Gwin, jin, wisgi – fyddai o ddim yn gwneud llawer o wahaniaeth be. Dim ond yr alcohol mewn rhyw ffurf neu'i gilydd oeddwn i ei angen, ei angen i fod yn fur rhyngof a'r byd. Doeddwn i heb smygu'r hyn a alwai Mam yn fwg drwg ers pan oeddwn i tua deunaw, ond fe fyddai hwnnw wedi neud y tro hefyd. Unrhyw beth i symud realaeth ychydig yn bellach oddi wrtha i dros dro.

Yr agosa oeddwn i'n gallu ei wneud, gan gadw o fewn canllawiau'r taflenni diflas nawddoglyd a aeth i'r bin ailgylchu, oedd panad o de a bath a cherddoriaeth. A dyna lle roeddwn i pan ddaeth Meic adra, yn gorwedd mewn bath a oedd yn prysur oeri yn gwrando ar Tchaikovsky. Roedd hi'n rhyddhad cael yr 1812 yn diasbedain trwy'r tŷ drosodd a throsodd ac yn fy rhwystro rhag meddwl.

Cerddodd Meic i mewn i'r stafell ymolchi (mae'n fwriad gennym osod bollt ar y drws rhywbryd, mae wedi bod yn fwriad er pan 'da ni'n byw yma) a rhoi ei law yn y dŵr. Gafaelodd mewn lliain glas oedd yn crogi ar gefn y drws.

'Tyd.'

Camais yn ufudd o'r dŵr llugoer, cymryd y lliain a dechrau sychu fy hun gan syllu ar flaenau fy mysedd yn rhychau i gyd, a rhyfeddu at y ffaith y byddent yn edrych yn hollol lyfn unwaith eto ymhen ychydig.

'Be sy?'

A sylweddolais o'r ffordd roedd Meic yn edrych arnaf

a'r ffordd roedd o'n gafael amdanaf ei fod yn poeni fod 'na rywbeth wedi mynd o'i le efo'r babi. Cusanais ef.

'Paid â phoeni. Wedi bod yn gweld fy nhad dw i.'

Ddwedodd o ddim gair ond gallwn weld y rhyddhad yn siâp ei sgwyddau wrth iddo gerdded o 'mlaen i'r gegin a mwya sydyn mi oeddwn i isio'i gofleidio a chrio. Ond wnes i ddim. Mynd i eistedd ar yr hen gadair esmwyth flêr sydd gennym wrth ochr y Rayburn wnes i a gwylio Meic yn dechrau paratoi bwyd.

'Profiad anodd, pwt?' holodd Meic gan dorri nionod a thomatos yn ddestlus ac yn gyflym ar gyfer salad.

'Nag oedd.'

Codais o'r gadair a dechrau gosod cyllyll a ffyrc a gwydrau yn daclus ar y bwrdd wrth ystyried sut i ymhelaethu. 'Rhy hawdd oedd o os rhywbeth. Chydig yn chwithig falla, ond dyna'r cwbl. Mi oeddwn i'n barod am ddrama, am deimlo pob math o emosiyna …'

'Wnest ti ddim sôn …' dechreuodd Meic a'r dagrau oherwydd y nionod yn llifo i lawr ei ruddiau. Fi sy'n arfer torri nionod gan ei fod o'n cael ei effeithio mor ddrwg ganddynt.

Anwybyddais Meic. 'A dw i wedi cael cinio efo dyn difyr, annwyl. Dim mwy na hynny. Ac mae hynny'n uffernol o anodd ei dderbyn.'

Wnes i ddim dweud dim mwy, dim ond eistedd i lawr wrth y bwrdd yn fy ngŵn wisgo a byta mewn distawrwydd. Daeth yr 1812 i ben am y pedwerydd tro ac fe aeth Meic at y peiriant a'i newid fel ein bod yn gwrando ar y newyddion. Rhyw fom yn rhywle, rhyw aelod o'r Cynulliad wedi codi embaras ar ei blaid unwaith eto.

'Tydi o ddim yn byw ymhell, sti.'

Dynododd côr o glychau o fy ffôn fod neges wedi cyrraedd, ond wnes i ddim codi i edrych pwy oedd wedi ei hanfon.

'Mi fyswn i'n licio petaet ti wedi dweud wrtha i dy fod ti'n bwriadu mynd i'w gyfarfod o,' dywedodd Meic. Ac yna cododd, a chario ei blât a'i ddysgl a'i gyllell a'i fforc a'i wydryn at y sinc. Aeth i'r oergell, gafael mewn potel o gwrw a gadael y stafell. Eisteddais wrth y bwrdd yn dal yn fy ngŵn wisgo yn gwrando ar sŵn gêm bêl-droed yn dod o'r lolfa. Doedd gen i ddim syniad pwy oedd yn chwarae yn erbyn pwy. Efallai nad oedd gan Meic syniad chwaith.

Steffan

Mi gymerodd ychydig i mi ddod yn gyfarwydd efo tecstio. Bu rhaid i Sali fy nysgu ar yr adeg pan oedd angen gwthio botwm 2 deirgwaith i gael y llythyren C. Ond nid hynny oedd yn anodd. Dysgu pa mor gryno, pa mor swta, roedd posib bod oedd yn anodd. Ac eto dw i wedi cymryd ato fel dull o gyfathrebu. Mae yna ryw bellter braf yno. Tydi rhywun ddim yn cael ei lusgo i mewn i sgwrs hir. Fe fyddaf yn ei ddefnyddio yn aml i ddiolch i rywun am eu cwmni. Nodyn bach sydyn bron yn syth ar ôl ffarwelio efo nhw. Fel yr esboniodd yr hogan fach ddel 'na oedd yn gweithio yn y llyfrgell, mae 'na ryw gyfuniad deniadol iawn o fod yn gyfoes ac yn annwyl o hen ffasiwn yn y ffordd dw i'n defnyddio tecst. A dyna'r cwbl wnes i efo Efa. Dim ond pedwar gair brysiog: Braf dy gyfarfod heddiw.

'Wyt ti'n disgwyl neges gan rywun, Steffan?'

Atebais i ddim o Sali. Wnes i ddim ei hateb pan ddechreuodd holi lle roeddwn i wedi bod drwy'r dydd chwaith. Anaml iawn mae Sali'n cael dyddiau o fod fel hyn, o ymddwyn fel gwraig, ond maen nhw'n digwydd yn ddigon aml i fy atgoffa pam fy mod yn glynu at fy mhenderfyniad i fyw ar wahân.

Mae'n siŵr fy mod wedi bod yn taflu cipolwg ar fy ffôn bob yn hyn a hyn. Diffoddais hwnnw a'i ollwng i boced tu fewn fy siaced lle mae'n arfer byw.

'Sgen ti awydd edrych ar y DVD Woody Allen 'na heno?' holais. Does gen i ddim teledu, ond weithia mae'n braf swatio ar y soffa yn nhŷ Sali'n gwylio rhywbeth diniwed. Ac mae o'n ei phlesio hi. Dw i ddim yn meddwl ein bod wedi dweud gair wrth y naill a'r llall trwy gydol y ffilm. A phan ddaeth hi i ben codais fel pe bawn i'n gadael sinema. Wel, ddim yn hollol – rhoddais fy ngwydryn budr wrth ochr y sinc a rhoi cusan i Sali a dweud nos dawch. Ond dyna'r cwbl.

Y peth cyntaf wnes i unwaith yr oeddwn yng nghlydwch tywyll fy nghar oedd tanio fy ffôn. Ond doedd yna ddim neges gan neb. Ystyriais efallai ei bod wedi fy ebostio, cyn i mi yrru'r tecst o bosib. Tydw i'n dal heb symud yn fy mlaen i ffôn sy'n derbyn e-byst. Wel, os felly, fe gâi hwnnw aros tan y bore. Parciais fy nghar yn dwt wrth ochr fy nhŷ ac yn ei olau gwelais Llwydrew yn neidio i lawr o ben y wal ac yn dod i'm cyfarfod. Codais hi i'm breichiau ac aeth y ddau ohonom i'r tŷ ac i'r gwely.

Doedd yna ddim e-bost gan Efa'n fy nisgwyl yn y bore chwaith. Ac roedd hi bron yn chwarter wedi tri pan ddaeth neges ganddi. Diolchodd am fy nhecst ac am y cinio (fi oedd wedi talu). Gwnaeth ryw sylw diflas o gyffredin am y tywydd. Ac awgrymodd ein bod yn cyfarfod eto. Ymhen yr wythnos.

Teimlais fy hun yn mulo. Roeddwn i isio dweud wrthi pe bawn i am gyfarfod i gael cinio bob wythnos y byddwn i wedi bod yn rhan o'i bywyd hi o'r dechrau ac y byddai Efa a finna wedi cael cinio efo'n gilydd bron bob dydd.

Cododd Llwydrew oddi ar fy nglin wrth fy nheimlo'n tynhau, a mynd i eistedd yn stiff i gyd ar y sil ffenest a gwgu arnaf. Ymddiheurais iddi, ac am ryw reswm cofio'r diwrnod, sawl blwyddyn yn ôl bellach, pan yrrais i hi at y milfeddyg i gael ei doctora. Roedd hi'n dal yn chwil, ac yn amlwg mewn poen, pan ddaeth adref. A finna'n teimlo'n euog nad oedd hi'n deall mai fi oedd ar fai, nad oedd hi'n deall mai fy mhenderfyniad i oedd yn gyfrifol am yr hyn oedd wedi digwydd iddi hi. Doedd dim posib gweld y graith ar ei hystlys bellach, ond mae'n rhaid ei bod hi'n dal yno, o dan y blew llyfn.

Rhyd y Gro

Roedd pawb yn Rhyd y Gro yn mesur amser yn ei ffordd ei hun. Mesur Carys oedd o un Giro i'r llall, ond hefyd mesur llawer arafach y tymhorau yn yr ardd. Rhyfeddai hi ei hun sut y gallai fod mor ddiamynedd wrth aros am ei phres ac mor amyneddgar yn aros i hedyn egino neu i ffrwyth aeddfedu. Mesur Lora oedd ei shifftiau gwaith anghyson, a phob pecyn pae yn ei hatgoffa nad oedd hi'n actores. Seminarau, tymhorau, blynyddoedd y darlithydd rhan-amser oedd yn esgus bod yn sgwennwr oedd hi i Steffan. Neu lythyrau cwrtais negyddol oddi wrth weisg i'r sgwennwr oedd yn esgus bod yn ddarlithydd. A Rhydian …

'Mae 'na rai diwylliannau sy'n gweld y dyfodol fel rhywbeth sydd tu ôl i ti ac yn dy oddiweddyd.'

'Tydi hynna ddim yn gwneud synnwyr,' oedd ymateb Steffan. Be oedd o isio'i ddweud oedd nad oedd Rhydian yn gwneud synnwyr. 'Yr hyn sydd o'n blaen ni ydi'r dyfodol.'

'Meddylia am y peth, Steffan. Y gorffennol 'da ni'n gallu ei weld, felly mae'n rhaid ei fod o o'n blaena ni. Ti'n methu gweld y dyfodol. Felly os nad oes gen ti lygaid yn dy din, mae'n rhaid ei fod o y tu ôl i ti.'

Chwarddodd Carys. Roedd hi wedi deall esboniad Rhydian yn syth.

'Ac mae o'n dŵad, wsh, fel'na, Steff. Ac yn dy gusanu neu'n dy binshio.'

Trodd Steffan ati hi wrth iddi hi afael yn ei din.

'A rŵan dw i'n wynebu'r dyfodol.'

'Wyt,' meddai Lora gan ddal llygad Carys.

'Ffyc off, Lora.'

A'r hogia'n esgus nad oeddan nhw wedi clywed.

Yn hwyrach, pan oedd Lora a Rhydian yn golchi llestri fe holodd o hi.

'Be oedd hynna rhwng Carys a chdi gynna?'

'Be?'

'Carys yn deud "ffyc off" 'tha ti.'

'Ti'n sylwi gormod ar betha.'

Gosododd Lora'r plât olaf wrth ochr y sinc iddo'i sychu a cherdded allan o'r gegin. Gorffennodd Rhydian sychu'r llestri, sgubodd lawr y gegin, sychodd ddiferion bwyd oddi ar y stôf ond doedd o'n dal ddim callach.

Efa

Gadewais Meic yn gwylio'r gêm. Mynd i 'ngwely efo llyfr oedd y bwriad. Roedd y cwmni'n ystyried llwyfannu addasiad o'r nofel enillodd y Fedal Ryddiaith ryw dair blynedd yn ôl ac mi oeddwn i'n meddwl falla 'sa'n syniad i mi ei ddarllen. Doedd dim rhaid, mae'n siŵr, yn sicr doedd yna ddim brys. Doedd ganddon ni ddim sgript hyd yn oed eto, ac fe fyddai pwy bynnag sgwennai honno a phwy bynnag fyddai'n cyfarwyddo yn bownd Dduw o ddeud wrtha i be oeddan nhw'i isio. Ond mae'n braf cael rhyw wybodaeth yng nghefn fy mhen ar adega felly. Nofel am bysgotwr oedd hi. Mi ddalltais i gymaint â hynny cyn syrthio i gysgu. Ddeffrais i ddim pan ddaeth Meic i'w wely, ond gan fy mod i wedi mynd i gysgu mor fuan mi oeddwn i'n hollol effro am ddau o'r gloch y bore.

Am ddau o'r gloch y bore mae pob ofn yn dod allan o'i dwll. Ac yn tyfu. A tasa Meic wedi deffro a gofyn be oedd yn bod fyswn i ddim wedi gallu dweud wrtho. Dw i'n cofio deffro weithia'n blentyn a chodi i fynd i'r lle chwech a chanfod Mam yn brysur yn coginio yn y gegin yn oria mân y bore.

'Meddwl 'sa ni'n cael cacan siocled i frecwast oeddwn i, Efa.'

Ac er fy mod i'n gwenu, ac yn mynd yn ôl i gysgu gydag oglau hyfryd cacan siocled yn coginio yn llenwi fy ffroenau, mi oeddwn i hefyd yn gwybod, rhywsut neu'i gilydd, fod ganddi ofn. Ac mai dyna pam yr oedd hi ar ei thraed a'i ffedog dros ei phyjamas a'r radio yn sisial yn isel. Wnes i erioed ddallt, hyd yn oed pan oeddwn i lot yn hŷn, be oedd gan Mam ei ofn. Dw i ddim yn meddwl ei bod hi erioed wedi dallt ei hun. Ond yn gorwedd yn fanno yn y tywyllwch a Meic yn chwyrnu'n dawel wrth fy ochr a'i freichiau ar led uwch ei ben fel plentyn teirblwydd, roedd gen i'r ysfa ryfedda i godi a mynd i'r gegin a dechrau neud cacan siocled. Ond wnes i ddim ildio i'r ysfa. Dechra'r diwedd, llwybr llithrig i rywle nad oeddwn i am fynd iddo, fyddai ildio i ysfa fel'na. Ac mi oedd gen i gyfrifoldeb a dyletswydd tuag at y bychan yn fy nghroth.

Yn dilyn y sgan fe gafodd Meic a finna gyda'r nos fach braf yn chwarae efo enwau. Roedd y peth, yr enedigaeth, y person go iawn, yn ddigon pell i ni allu trafod y pwnc yn ysgafn. A thrwy wneud hynny ddarganfod be oedd ein ffiniau – ein ffiniau o ran odrwydd, Seisnigrwydd, bod yn gyffredin. Caswallon yn iawn, Seithenyn rhy od; John, o'i gyfuno efo rwbath, yn dderbyniol, James gam yn rhy bell; Owain yn plesio'r ddau ohonom ond 'run ohonom am fod yn rhiant i'r pumed Osian yn y pentref o fewn dwy flynedd.

Ac wrth feddwl am Now bach a'i ddyrnau tylwyth teg yn barod i herio'r byd, fe ddiflannodd yr ofnau yn ôl i'w tyllau. Ac fe es innau yn ôl i gysgu heb gael dim byd ond cip bach sydyn, sydyn o'r hyn a brofodd Mam. Erbyn y bore prin oeddwn i'n cofio'r peth.

'Wyt ti'n cofio mod i'n dod adra amsar cinio heddiw'n dwyt? Sdim pwynt i mi fod yn y swyddfa os 'di'r hogia IT 'na'n mynd i ddiffodd popeth.'

'Ydw,' meddwn, er nad oeddwn i. 'Mae Lora'n gwbod na fydda i o gwmpas yn pnawn,' ychwanegais, er nad oedd hi.

'Penderfyna di be ti awydd neud.'

Nodiais, er y byswn i'n rhoi'r byd weithia am beidio gorfod penderfynu, ac eto'n gwybod y byddwn i'n gwrthryfela'n syth petai Meic yn dweud wrtha i be oeddan ni am ei wneud y pnawn hwnnw.

'I ben y Foel os 'di hi'n braf.'

Nodiodd Meic gan ddal ati i eillio. Gallwn weld y frawddeg 'biti 'sa gynnon ni gi' yn ffurfio yn ei ymennydd. Ond bu'n ddigon call i'w gadael hi yno. Mae hon wedi bod yn ddadl barhaus rhyngddom ers pan 'da ni'n byw efo'n gilydd. Ci neu gath? Y canlyniad ydi nad oes ganddom yr un. Bu sgodyn aur am gyfnod, ond bron nad oedd hi'n rhyddhad i bawb pan roddodd hwnnw ei olaf dro o amgylch ei bowlan.

Ac i ben y Foel yr aethon ni. Afal yr un yn ein pocedi ond dim mwy na hynny. Dim bagia. Dim côt rhag ofn. Ac ar ôl dilyn y llwybr cul trwy'r grug am gwta awr, eistedd yn fanno ar y creigiau yn byta'n fala. Fel arfer dw i'n edrych i lawr tuag at y môr gan weld yr holl wledydd pell y tu hwnt iddo, y rhai hynny sy'n cuddio o'r golwg dros y gorwel. Ond heddiw mi oeddwn i'n edrych i'r gogledd-ddwyrain ac yn meddwl, 'Yn fan'cw, rhywle yn y pellter, filltiroedd i ffwrdd, o'r golwg tu ôl i'r holl greigiau a choed mae fy nhad. Steffan. Nid Dad. Steffan – dyn addfwyn a chwrtais a oedd wedi gyrru tecst yn dweud ei fod yn falch ei fod wedi fy nghyfarfod. Y dyn a oedd yn mynd â fi allan am bryd o fwyd i westy moethus yr wythnos nesa. A mwya sydyn mi oeddwn i'n difaru mod i wedi gadael fy ffôn symudol adref yn y gegin. Mi oeddwn i isio gyrru tecst ato yn dweud fy mod ar ben y Foel yn byta afal.

'Barod?' gofynnodd Meic.

A dyna'r ddau ohonom yn cymryd rhan yn y ddefod o weld pwy allai daflu canol ei afal bella. Gora'n byd os oedd o'n taro craig ac yn chwalu'n ddarna.

Steffan

Dwn i ddim pam wnes i awgrymu Maes yr Onnen. Efallai y byddai mynd am dro gyda brechdanau a ffrwythau mewn bag ar fy nghefn wedi bod yn well syniad. Ond dyna fo, roedd y cynnig wedi ei wneud rŵan, a'r cynnig wedi ei dderbyn a'r bwrdd wedi ei gadw. O leia, cinio ganol dydd oedd o. Mi oeddwn i wedi bod ym Maes yr Onnen llynadd gyda'r nos ar ben-blwydd Sali. Lle rhy ffurfiol a rhy ddrud i fy chwaeth i. A'r disgrifiadau yn y fwydlen yn ddigon i godi cyfog ar rywun cyn dechra. Mi blesiodd Sali wrth gwrs. Hi oedd wedi ei awgrymu 'ran hynny, ac wedi ffonio i gadw'r bwrdd.

Ond dwn i ddim pam wnes i awgrymu wrth Efa ein bod ni'n mynd yno i gael cinio. Roeddwn i'n dal i bendroni ynglŷn â hynny, gan bendroni yr un pryd a oedd angen tei neu beidio. Nag oedd, ddim ganol dydd, penderfynais. Am eiliad edrychais ar yr ychydig flewiach gwyn oedd i'w gweld lle roedd fy nghrys yn agored fel pe bawn i heb eu gweld o'r blaen, fel pe baent wedi ymddangos dros nos. Ond mi oeddan nhw felly ers degawd a mwy bellach, a'r croen yn llac ar fy nhagell. O leia mi oeddwn i wedi aros yn fain.

Bu rhaid gwneud rhyw esgus wrth Sali. Dw i ddim yn cofio be ddudis i'n union. Rhyw gelwydd bach digon diniwed. Petai hi heb alw fel oeddwn i'n cychwyn fyddwn i ddim wedi gorfod dweud dim byd wrth gwrs. Efallai y byddwn yn sôn wrthi ar ôl y cyfarfod yma. Ond am rŵan fy nghyfrinach i oedd y ferch dlos gyda'r gwallt coch. Ac mi oedd y ferch efo'r gwallt coch yn aros amdanaf ym Maes yr Onnen. Roedd hi'n eistedd ar y wal gerrig sy'n amgylchynu'r maes parcio a'i dillad a'i gwallt a'i holl osgo yn codi dau fys ar ffurfioldeb y lle. Dyna un o'r llunia clira sgen i yn fy mhen o Efa. Er bod gen i lunia go iawn ohoni erbyn rŵan wrth gwrs, mi alla i dal gofio pob manylyn o sut roedd hi'n edrych yn eistedd ar y wal honno yn cicio sodla ei sgidia Converse pinc yn erbyn y cerrig llwyd.

Mi neidiodd i lawr oddi ar y wal a cherdded tuag at fy nghar. Am eiliad mi oedd yn amlwg fod y ddau ohonom yn ansicr sut i gyfarch ein gilydd. Cusan ysgafn ar foch oedd y penderfyniad gan y ddau ohonom, y ddau ohonom wedi gwneud yr un dewis, diolch byth. Roedd o'n teimlo'n hollol iawn.

'Wyt ti'n dod yma'n aml, Steffan?'

Doeddwn i ddim yn siŵr a oedd hi'n tynnu arna i neu beidio. Fe gafodd ateb hollol onest beth bynnag. Esboniais mai'r unig adeg roeddwn i wedi bod yno o'r blaen oedd penblwydd Sali.

'Dw i ddim yn siŵr pam wnes i awgrymu ein bod yn cyfarfod yma a dweud y gwir.'

Gwenodd Efa arnaf. 'Mae'n braf bod yn grand weithia, tydi. Diolch yn fawr.'

Ac yna daeth hogan fach o Wlad Pwyl a chymryd ein harcheb. Hogan ddigon deniadol ond ei bod yn cerdded yn flêr. Ar ôl i honno adael trodd Efa ataf. 'Deud 'tha fi am Sali,' gorchmynnodd.

Felly mi wnes i ddweud wrthi am Sali. Does 'na ddim llawer i'w ddweud am Sali a dweud y gwir. Mae hi'n sefyllfa syml, ddiddrama ac felly mae petha wedi bod ers tua phum mlynedd bellach. Mae'n bosib y bydd y sefyllfa'n parhau am bum mlynedd arall. Pwy a ŵyr?

'Dw i'n hoff iawn ohoni,' ychwanegais ar y diwedd.

Roeddwn i hyd yn oed yn sylweddoli ei fod yn swnio fel rhyw ôl-nodyn, rhywbeth y dylwn i fod wedi ei ddweud peth cynta neu beidio ei ddweud o gwbl oherwydd ei fod yn amlwg.

'Oeddat ti'n hoff o Mam?'

Oedais, ond ddim am hir.

'Mi oeddwn i'n caru dy fam, Efa.'

'Felly …?'

'Oes rhaid i ni gael y sgwrs yma rŵan?'

'Mae'n rhaid i ni ei chael hi rywbryd, Steffan.'

Roeddwn i'n synnu pa mor dawel a hunanfeddiannol oedd Efa. Ond allwn i ddim dweud ai dyna sut oedd hi'n teimlo go iawn neu a oedd hi'n gwneud ymdrech ac yn actio. Nid ei fod o'n bwysig. Doeddwn i ddim isio difetha pryd bwyd da efo merch ifanc ddeniadol, merch ifanc yr oeddwn i am ddod i'w hadnabod yn well, trwy fynd yn ôl i'r adeg boitslyd, boenus yna.

'Ddim rŵan.' Cymerais lwnc o'r dŵr oedd ar y bwrdd a difaru fy mod yn gyrru, fe fyddai gwin wedi bod yn dda. 'Ddim rŵan. Ond rhywbryd, dw i'n gaddo.'

Gosodais fy llaw ar ben ei llaw hi ar y lliain bwrdd claerwyn trwchus.

'Ond diolch i ti am gysylltu, Efa.'

Allwn i ddim ymhelaethu. Ond efallai fod hynny wedi bod yn ddigon ar y pryd. Fe sgafnodd y sgwrs wedyn. Tydi gwleidyddiaeth Ewrop ddim yn bwnc ysgafn iawn, ond mae o filwaith ysgafnach na thrafod pam nad oeddwn i wedi gweld fy merch ond unwaith ers iddi gael ei geni dros ddeng mlynedd ar hugain yn ôl, a pham fy mod wedi dewis hynny.

Rhoddodd Carys y dewis i mi, ac fe wnes fy newis a dyna fo. A rŵan dyma ni, ddeng mlynedd ar hugain wedyn a Charys yn ei bedd. Mi oeddwn i wedi clywed ychydig flynyddoedd yn ôl ei bod hi wedi marw. Mi wnes i wrth gwrs feddwl adeg honno tybed be oedd wedi digwydd i'r hogan fach, nid ei bod hi'n hogan fach erbyn hynny wrth gwrs. Ond penderfynu gadael lonydd i betha wnes i. Y peth olaf fyddai hi wedi bod isio, a hithau newydd golli ei mam, fyddai rhyw ddieithryn yn glanio ar ei haelwyd ac yn datgan mai fo oedd ei thad. Ac mi oeddwn i newydd ddechra'r berthynas efo Sali. Fydda hi ddim wedi bod yn deg ei llusgo hi i mewn i ryw gymhlethdod felly.

Wrth i ni sipian ein coffi yn y lolfa foethus aeth y ddau ohonom yn dawel am chydig, yr angylion yn pasio, medda nhw. Syllais ar Efa am funud.

'Ti'n debyg iawn i Carys, sti.' Mi ddudis i o heb feddwl a'r enw'n swnio'n od yn fy ngheg. Doeddwn i ddim yn siŵr oeddwn i am ei ddweud eto.

'Dw i'n gwbod,' atebodd Efa, yn cynhyrfu dim. 'Mae Lora'n deud hynny o hyd.'

'Ddim Lora Stage Left, oedd yn ffrindia efo dy fam? Mi oedd hi'n arfar meddwl bod hi'n gallu actio. Ti'n gweld tipyn arni hi?'

Ac mi oedd hi'n od pa mor falch oeddwn i o gael hanes Lora. A'r peth naturiol i'w ddweud fysa 'cofia fi ati hi'. Ond allwn i ddim gwneud hynny.

Efa

Fel y tro cynt, wedyn, ar ôl i mi ddod adra, yr oeddwn i'n flin. Ond mi oedd Meic yn barod amdana i tro 'ma. A chan ei bod yn ddydd Sadwrn mi oedd o adra yn y tŷ yn aros i mi ddod trwy'r drws.

'Amseru perffaith,' medda fo efo gwên wrth i mi gerdded trwy'r drws. 'Sbia.' Pwyntiodd at ein holl lestri wedi'u pentyrru ar fwrdd y gegin ac at y silffoedd newydd hardd roedd o wedi'u gosod ar y wal yn lle'r hen gwpwrdd hyll oedd yna cynt. 'Mae angen cadw rheina i gyd.'

'Argol, oes eu hangen nhw i gyd, dŵad? Falla 'sa fo'n gyfla i gael gwared o'r petha 'da ni byth yn eu defnyddio.' Codais dair ramecin fach las.

''Da ni erioed wedi defnyddio'r rhain, yn naddo, Meic? A dw i ddim yn hoff iawn o hon.' Gosodais ddysgl fas frown ar un ochr. Gallwn ddychmygu fy silffoedd newydd yn cynnwys dim ond y llestri yr oeddwn yn eu defnyddio a'r llestri yr oeddwn yn eu hoffi. Dim mwy nag oedd ei angen o unrhyw beth. A phopeth yn gyfa ac yn cyd-fynd a dim crac mewn unrhyw beth. Erbyn i mi orffen roedd gen i lond bocs o lestri i fynd i'r siop elusen yn y bore.

Cerddodd Meic i mewn i'r gegin ar ôl i mi orffen a chodi dau blât o'r bocs elusen. Estynnodd un ohonynt i mi.

'Barod?'

Mae'n syndod cymaint o dwrw mae dau blât yn cael eu taflu yn erbyn llawr llechen yn eu gwneud. Ac yna'r ddau ohonom yn chwerthin nes ein bod yn wan. Ac yna'r chwerthin yn troi'n grio a Meic yn gafael amdanaf.

'Iŵ-hŵ!'

Mi oeddwn i wedi tawelu ac yn chwythu fy nhrwyn yn swnllyd ac ar fin mynd i'r stafell ymolchi i roi chydig o ddŵr oer ar fy wyneb coch hyll pan gerddodd Lora i mewn i'r tŷ. Doedd dim dewis ond troi i'w hwynebu.

'Sori,' medda hi gan edrych ar y dagrau a'r darnau platia a throi i fynd.

'Steddwch,' medda Meic. 'Mae'n bryd i bawb gael panad dw i'n meddwl.'

Edrychodd Lora arna i a gweld o fy wyneb i mod i'n cyd-weld efo Meic.

'Pawb yn ffraeo weithia,' meddai gan estyn brws a rhaw i sgubo'r siwrwd llestri.

'Na, nid ffraeo. Dim ond … Stori hir, Lora.'

'Pa mor hir?'

'Tua deng mlynedd ar hugain.'

Gafaelodd Meic yn ei fŵg llawn te a chan wneud rhyw esgus am ffonio rhywun, gadawodd y stafell a'n gadael ni'n dwy yn eistedd un bob pen i fwrdd y gegin yn trio penderfynu a oedd deng mlynedd ar hugain yn hir neu beidio.

'Cer i folchi dy wyneb, Efa. A lle wyt ti wedi bod beth bynnag dy fod ti'n gwisgo masgara'n ystod dydd?'

Codais a thrio meddwl be i'w neud tra'n molchi fy llygaid panda i ffwrdd a thaflu dŵr oer ar fy wyneb nes fy mod yn edrych yn eitha call. Ond doeddwn i ddim callach ar ôl yr holl feddwl. Doedd gen i ddim syniad a oeddwn i am sôn wrth Lora am Steffan. Mi oeddwn i isio'i gadw'n gyfrinach. Mi oedd gen i ofn iddi hi ddweud rhywbeth amdano a fyddai'n dryllio fy nelwedd ohono. Mi oeddwn i isio ei rannu, isio dweud 'sbïwch, mae gen i un hefyd!'

Eisteddais yn ôl wrth y bwrdd a chymryd llwnc o'r te oedd wedi dechrau oeri erbyn hyn.

'Dw i wedi cyfarfod 'nhad.'

'Dim syndod dy fod ti'n malu platia. A be nath i hwnnw gysylltu ar ôl yr holl flynyddoedd?'

Ar y pryd wnes i ddim sylweddoli fod ymateb Lora chydig yn od. Es i nôl y llythyr a'r nodyn iddi hi eu gweld, ac edrych arni'n eu darllen a'i thalcen yn crychu.

"Dow," medda hi, wrthi hi ei hun fwy nag wrtha i. "Dow." Plygodd y llythyr yn ofalus a'i roi yn ôl yn yr amlen.

'Does 'na ddim pwrpas i mi ddeud 'tha ti beidio gneud dim byd efo fo, nag oes? Ond bydd yn ofalus, Efa fach. Dyn od ydi o, sti.' Petrusodd am eiliad cyn ychwanegu, 'Mi fedra i ddeud petha wrthat ti os ti isio. Ond rhaid i ti ofyn.'

Wnes i ddim gofyn dim byd y diwrnod hwnnw. Neu o leia wnes i ddim gofyn ddim byd am Steffan. Ond mi wnes i ofyn un cwestiwn i Lora.

'Chi yrrodd y llythyr?'

'Nage, siŵr.'

'Ydach chi'n gwbod pwy yrrodd y llythyr?'

Sgydwodd ei phen, a'i chlustlysau hirion lapis laswli'n symud a disgleirio yn y golau. 'Does gen i ddim syniad, Efa. Fedra i ddim meddwl pwy fysa 'di neud. Fedra i ddim meddwl pwy fysa Carys wedi gofyn iddyn nhw wneud rhywbeth fel'na.'

Mi gynigiais iddi hi aros i gael bwyd. Roedd hi'n syndod pa mor llwglyd oeddwn i erbyn hyn, er i mi fod yn hel fy mol ym Maes yr Onnen amser cinio. Ond gwrthod wnaeth hi. Cododd a fy nghofleidio i.

'Mi a' i i ddeud ta-ta wrth Meic,' meddai a chamu allan i'r ardd trwy'r drws cefn. Roedd o yno'n sgubo'r llwybr brics sy'n arwain heibio talcen y tŷ yn ôl i'r ffordd. Mi allwn i weld y ddau yn sefyll yno am hir yn sgwrsio, ond allwn i ddim eu clywed a wnes i ddim mynd allan ac ymuno efo nhw. Sefais yn y gegin yn rhythu'n fodlon ar fy llestri ar y silffoedd – dim ond be oeddwn i eu hangen a'r gweddill mewn bocs yn barod i fynd o'r tŷ. Plygais i godi darn bychan o blât melyn roedd Lora wedi'i fethu, ond yn hytrach na'i roi yn y bin sbwriel gosodais o i orwedd yn daclus ar gornel un o'r silffoedd.

Steffan

Doeddwn i ddim yn teimlo'n dda erbyn i mi gyrraedd adra. Roeddwn i wedi blino a'm gwynt yn fyr ac roedd 'na ryw fymryn o boen unwaith eto. Roedd y pyliau yma'n dod yn amlach bellach, ond hyd yn hyn doedd Sali heb sylwi. Dyna un o fanteision byw ar ben fy hun. Codais Llwydrew ar fy nglin a dechrau ei mwytho. Mae'n helpu. Mae 'na esboniad gwyddonol wrth gwrs. Mae endorffins a serotonin yn cael eu rhyddhau yn y corff o ganlyniad i fwytho anifail. Ac mae hynny'n lleddfu poen.

Dwn i ddim lle mae'r poen yn mynd. Efallai nad oedd o yna o gwbl, mai ei ddychmygu ydw i, ac mai'r hyn mae mwytho Llwydrew yn ei wneud yw fy rhwystro rhag dychmygu fy mod mewn poen.

Pesychais ac estyn am hances o boced fy siaced, ac yna ar ôl pesychu ei gwthio yn ôl i'r boced heb edrych arni. Gorffwysais fy mhen yn ôl yn erbyn cefn y gadair a diolch fod gen i declyn i reoli fy chwaraewr CDs o bell. Diolchais hefyd fod Sali wedi mynd allan efo ffrindiau ac na fyddwn yn ei gweld tan y bore. Dw i ddim isio Sali'n edrych ar fy ôl.

Fe edrychodd Carys ar fy ôl am un cyfnod byr. Wedi cael tynnu fy mhendics oeddwn i, yn hen ddyn yn fy ugeiniau hwyr, a dim ond Carys oedd yn Rhyd y Gro pan wnes i adael yr ysbyty. Gan i'r graith fynd yn ddrwg mi oeddwn i'n eitha sâl am wythnos a mwy, a hithau'n trio fy nhemptio i fwyta a finnau ddim pwt o awydd bwyd. Ac mi oedd hi'n cario pethau i mi dim ond i mi edrych i'w cyfeiriad, heb adael i mi drio styffaglu ar draws yr ystafell yn araf a phoenus. Dw i'n ei chofio yn darllen i mi – *Y Tywysog Bach* gan Antoine de Saint-Exupéry. Doeddwn i heb ei ddarllen erioed, ond mae gen i gopi rŵan. Dau gopi a dweud y gwir, un Cymraeg ac un Saesneg. Ac fe af i'w ailddarllen weithiau. Ond yn fuan ar ôl i'r neidr frathu'r Tywysog Bach mi oeddwn i wedi cryfhau ac wedi dychwelyd i'r gwaith er gwaethaf protestiadau Carys, ac fe ddaeth y sesiynau stori yn y pnawn i ben. Rhyw fis ar ôl hynny fe ddaeth ataf a dweud ei bod yn feichiog.

Wnes i ddim llawer o ddim byd weddill y diwrnod ar ôl dod adref o Faes yr Onnen. Bwydo Llwydrew wrth gwrs. Waeth pa mor wael neu ddiog neu brysur ydi rhywun mae'n rhaid gofalu am anifail. Ond fe gafodd y gwaith sgwennu aros y diwrnod hwnnw. Ac roeddwn i'n well erbyn y bore ac fe eisteddais wrth fy nesg trwy'r dydd heb symud bron gan sgwennu a sgwennu ac anwybyddu'r ffôn. Sgwennais filoedd o eiria, sgwennu'n rhwydd fel oeddwn i'n arfer ei wneud ers talwm. Ac ar ddiwedd y dydd fe es i wrando ar y negeseuon ar y peiriant ateb. Fflachiau'r golau bach gwyrdd gan ddynodi fod yna hanner dwsin ohonynt yn aros amdanaf. Diolchais fy mod wedi anwybyddu'r galwadau, ac wedi diffodd fy ffôn symudol.

Roedd golygydd cylchgrawn yn holi a oeddwn i awydd cyfrannu erthygl, roedd y deintydd yn esbonio y byddai rhaid newid y trefniant oedd gen i i fynd yno'r wythnos ganlynol, ac roedd pedair neges gan Sali. Roedd pob un ohonynt yn gofyn a fyswn i'n ei ffonio'n ôl, ond nid oedd yr un ohonynt yn esbonio pam, na'r un ohonynt yn swnio'n arbennig o bryderus. Ond nid oedd neges gan Efa.

Penderfynais y câi Sali aros tan ar ôl swper. Ond erbyn i mi ei ffonio hi'r cyfan ges i oedd ei llais hithau'n dweud nad oedd hi adref 'ond bod croeso i mi adael neges'. Ac yna'r un druth yn cael ei hailadrodd yn Saesneg. Wnes i ddim trafferthu gadael neges.

Es â'r ffôn efo fi i'r ystafell arall a mynd i eistedd mewn cadair esmwyth. Rhythais arno am hir cyn deialu. Tydi o'n od sut yda ni'n dal i ddeud deialu. Fe fyddai deialu go iawn yn bwyllog, gan adael i'r cylch droi yn ôl yn araf cyn dewis y rhif nesa, wedi rhoi amser i mi ailfeddwl. Ond eiliadau mae'n gymryd i wthio rhifau. Dyn atebodd, ac fe dowlodd hynny fi am ennyd.

'Fyddai posib siarad efo Efa?'

Wnaeth o ddim trafferthu gofyn pwy oedd yna. Clywais ei lais yn gweiddi, 'Efa! Ffôn!'

Rhyd y Gro

Cerddodd Lora i mewn trwy ddrws Rhyd y Gro yn wên i gyd a'i bag ar ei chefn, a gweld Steffan yn swatio yn welw ar y soffa o flaen y tân.

'Ffliw 'ta hangover?'

Cododd Steffan ei grys i ddangos y graith lidiog iddi hi.

'Nefoedd! Be ti 'di neud?'

Esboniodd Steffan am y boen, a'r ambiwlans, a'r llawdriniaeth, a'r broblem efo'r graith.

'Ond dw i'n mendio rŵan.'

Ac roedd Lora'n euog ymosodol, yn methu deall pam nad oedd yr un o'r ddau arall wedi cysylltu efo hi i ddeud.

'Tydi Rhydian ddim yma, a doedd Carys ddim yn cofio lle oeddat ti.'

'Ond mi nes i ddeud ...'

'Di o'm bwys. Mae hi wedi edrych ar fy ôl i. Lle rwyt ti wedi bod?'

Ac fe esboniodd Lora am y cynnig i fod yn gyfarwyddwr cynorthwyol am ddeng niwrnod efo rhyw gwmni bychan nad oedd Steffan hyd yn oed wedi clywed amdano, ei chais am wyliau o'r gwesty'n cael ei wrthod, ei phenderfyniad byrbwyll i ddeud wrthyn nhw lle yn union i roi eu cyflog pitw ond rheolaidd, a'r bodio i lawr i Gaerdydd.

'Ond mi wnes i ddeud wrth Carys a Rhydian.'

'Di o'm bwys. Oedd o'n dda? Caerdydd, y ddrama.'

Dychwelodd gwên Lora. Symudodd Steffan ei draed ychydig i wneud lle iddi hi ben pella'r soffa a gwrandawodd ar y llifeiriant o frwdfrydedd am un hanner awr.

'A be rŵan?'

'Dwn i'm. Dôl fatha'r ddau arall 'na am wn i. Ond dw i ddim yn difaru, sti.'

Wrth sgwrsio dros swper y noson honno sylweddolodd y tri nad oedd yr un ohonynt yn gwbod lle roedd Rhydian. Roedd Carys yn fodlon cyfaddef fod Lora wedi esbonio iddi hi le roedd hi'n mynd, ac mai hi oedd heb wrando, ond mi oedd hi reit sicr na ddwedodd Rhydian ddim byd wrthi hi. Ddeuddydd wedyn roedd Rhydian yn ei ôl ond doedd neb fawr callach lle roedd o wedi bod. Ac fe aeth bywyd yn ei flaen. Steffan yn gwella ac yn ailddechrau mynd i'r coleg ar ddydd Llun a dydd Mercher a threulio gweddill yr amser yn ei stafell efo'i deipiadur. Rhydian yn mynd a dod, yn pendilio rhwng cynlluniau mawr a sinigiaeth lwyr. Lora yn llenwi ffurflenni cais am swyddi nad oedd hi'n wirioneddol eu hisio. A Carys yn mynd am dro peth cyntaf bob bore fel nad oedd neb yn ei chlywed yn chwydu.

Gofynnodd Rhydian i Steffan ddanfon pecyn bychan at ddyn dienw mewn caffi budr ryw ugain milltir i ffwrdd, ac fe wnaeth Steffan hynny heb holi, ond chafodd o ddim cais arall i fod yn yrrwr liw nos. A fu dim rhaid i Lora lenwi ffurflenni cais am hir iawn.

'Gwaith gweinyddol ydi o, ond petawn i'n cael cynnig unrhyw gwmni i weithio iddyn nhw hwn fysa fo. A falla bydd cyfle i actio. Nes 'mlaen 'de ...'

Aeth Rhydian i'w lofft a dod i lawr yn ôl gyda photel o win coch da na wyddai'r lleill am ei bodolaeth. Tywalltwyd y gwin i bedwar gwydryn.

'I Lora,' meddai Carys.

'I Lora,' ategodd Rhydian, 'yr unig un ohonon ni sy'n llwyddo i ddilyn ei freuddwyd.' Trawoodd ei wydryn yn ysgafn yn erbyn gwydryn Steffan.

Efa

Doeddwn i ddim yn disgwyl iddo ffonio.

'Dim ond awydd sgwrs efo rhywun. Dw i wedi bod yn gweithio heb stop trwy'r dydd a heb siarad efo neb.'

Mi oedd tamad ohona i isio gofyn 'Pam fi?' Ond wnes i ddim. Gan mai'r ateb amlwg fyddai 'Pam lai?' A dwn i ddim am be fuon ni'n sgwrsio. Dim byd o bwys mae'n rhaid. Allwn i ddim hyd yn oed ddweud wrth Meic yn syth ar ôl i mi roi'r ffôn i lawr am be oedd y sgwrs. A fuon ni ddim yn sgwrsio am hir chwaith. Ond dw i'n dal i gofio'r teimlad braf yna wedi i mi roi'r ffôn i lawr, teimlo am y tro cyntaf fel petawn i wedi ei ffeindio fo. Ac y bydda fo yna i mi. Ac y gallwn i, pe bawn i isio, godi'r ffôn arno yntau i sgwrsio am ddim byd.

Roedd gen i'n dal gant a mil o gwestiyna wrth gwrs, a dwn i ddim faint o fylcha i'w llenwi. Ond mater o amser fyddai hynny. Doedd yna ddim brys.

'Pwy oedd ar y ffôn?' holodd Meic gan godi ei drwyn o'i lyfr am funud.

'Steffan.'

'Be oedd o isio?' a'r pryder a'r cariad a'r ysfa i fy amddiffyn yn amlwg yn ei lais.

'Dim byd. Jest isio sgwrs.' A swatiais ym mhen pella'r soffa a'm traed noeth ar lin Meic heb ddweud dim mwy. Yn union fel petai fy nhad yn ffonio bob nos Fercher am sgwrs. Fel mae tadau pawb arall yn ei wneud.

Er, doedd gan Mam ddim tad oedd yn ei ffonio bob nos Fercher, na'r un noson arall chwaith. Ond gan nad oedd gen i dad doedd absenoldeb taid ddim yn fy mhoeni rhyw lawer. Fi a Mam ac am ryw hyd, Nain. Dyna fel oedd hi. Edrychais ar Meic am ennyd fel pe bai'n fod o ryw blaned arall. Roedd wedi ymgolli ormod yn ei lyfr i feddwl chwarae efo fy nhraed, sef be oeddwn i isio iddo fo'i neud. Weithia dw i'n eithriadol o ymwybodol mai dyn ydi Meic, mai bod gwryw sy'n wahanol i mi, benyw, ydi o. Mae hynna'n swnio'n beth hurt i'w ddweud am gariad, am berson dw i'n ei weld yn noeth bob bore, person dw i'n cael rhyw efo fo'n aml oedd yn gyfrifol am y plentyn oedd yn tyfu yn fy nghroth. Gwthiais fy nhraed yn ysgafn yn erbyn ei geilliau. Rhoddodd llyfrnod, un y siop lyfrau leol, yn ofalus i gadw'i dudalen ac edrych arnaf.

'Oedd Steffan yn iawn?' A rhywsut fe lwyddodd i ofyn hynna fel petai wedi gofyn hynna'n wythnosol ers i ni gyfarfod.

'Oedd. A dw i'n dy garu di, Meic Lewis.'

'Da iawn. Ydi hynna'n golygu y ca i ddal ati i ddarllen, neu ydw i'n gorfod mwytho dy draed?'

Mae 'na adega pan dw i'n meddwl fod Meic yn iawn ac y dylan ni briodi. Ond tydi o byth yn gallu esbonio'n glir iawn pam y dylan ni neud. A tydw i byth yn gallu esbonio'n glir iawn pam dw i'n meddwl na ddylan ni. Felly 'da ni ddim yn gwneud dim byd am y peth. Dw i'n meddwl mai'r gwahaniaeth yn y bôn ydi bod yna draddodiad hir o briodi yn nheulu Meic, er gwaetha un plentyn siawns rhyw dair cenhedlaeth yn ôl; a bod yna draddodiad hir o beidio priodi yn fy nheulu i.

Ac fe ganodd y ffôn eto.

'Dw i'n feichiog,' meddwn a fy llaw ar fy mol.

Mae'n ffôn ni yn y cyntedd ger y drws ffrynt, ac yn un hen ffasiwn nad oes posib ei gario o amgylch y tŷ. Caeodd

Meic y drws ar ei ôl fel nad oedd posib i mi glywed y sgwrs. Dychwelodd i'r stafell.

'Lora. Mi esboniais dy fod yn feichiog ac yn droednoeth a'i bod hi'n hollol amhosib i ti ddod at y ffôn dy hun. Mi fydd hi'n hwyr yn dod mewn fory ac mae'n gofyn plis wnei di fod yn neis efo rhyw Rhydian Gwyn fydd yn galw, ymddiheuro ar ei rhan a'i ddiddanu am ryw chwarter awr. Nes i ddeud 'sa ti'n adrodd 'Y Wiwer' ac yn gwneud y can-can.'

'Ddudodd hi pwy oedd y Rhydian Gwyn 'ma?'

'Naddo. A wnes i ddim gofyn.'

A dyna sut wnes i gyfarfod Rhydian Gwyn. Nid mod i wedi cymryd llawer o sylw ohono'r diwrnod hwnnw. Dyn di-nod a distaw oedd o a fu dim rhaid i mi ei ddiddanu mewn unrhyw ffordd gan iddo dderbyn fy nghynnig i gael panad a dweud y byddai'n hollol hapus yn gweithio ar ei liniadur hyd nes y byddai Lora'n ymddangos.

Mi adewais lonydd iddo fo efo'i goffi a'i Excel a mynd i neud rhywbeth, felly wnes i ddim gweld Lora'n cyrraedd. Ond mi wnes i, a phawb arall yn yr adeilad, ei chlywed.

'Rhyds! Ti 'di newid dim! Wel heblaw dy fod ti wedi magu bol y diawl!'

Steffan

Rhyw gwta awr o waith oeddwn i wedi'i wneud pan gyrhaeddodd Sali, ond fe adewais fy stydi heulog ym mlaen y tŷ a dod i lawr i'r gegin i gael panad efo hi.

'Roedd Tracey efo ni neithiwr,' meddai heb fawr o ragymadrodd.

Roedd hi'n anodd gwybod be oedd yr ymateb iawn i hynna, felly wnes i ddim dweud dim byd.

'Mae Tracey yn gweithio ym Maes yr Onnen.'

Gosododd fy mhaned ar y bwrdd o'm blaen gan golli chydig.

'Ac fe welodd Tracey fi yno wythnos diwetha efo hogan fain wallt coch a ti isio gwybod pwy ydi hi?' Mae mor hawdd ar adegau gwybod be sy'n mynd trwy feddyliau merched. Ac ar adegau eraill mae mor gythreulig o anodd. Ystyriais ddweud celwydd, dweud mai golygydd, neu gynhyrchydd teledu, neu gyfyrder, neu ferch i ffrind oedd Efa. Nid am fod gen i gywilydd, ond am fod yna damad ohonof am ei chadw i mi fy hun am chydig bach hirach. Ond roedd Sali'n edrych mor boenus ac mor ddiamddiffyn fel nad oedd gen i galon.

'Efa ydi ei henw hi. Fi yw ei thad.'

Ac mi oeddwn i isio dweud hynna eto ac eto. Ei ailadrodd fel bod y geiriau yn colli eu synnwyr ac yn troi yn ddim byd ond sŵn. Ond wnes i ddim wrth gwrs, dim ond eistedd yna'n dawel, yn sipian fy nhe ac yn aros am ymateb Sali. Taflu'r bêl yn ôl ata i wnaeth hi.

'Wyt ti am ddweud chydig bach mwy na hynna?'

'Be ti isio wybod?'

A dyna'r bêl yn ôl dros y rhwyd unwaith eto. Fe holodd

Sali fi'n dawel ac yn drwyadl ac roedd bob yn ail ateb yn rhyw fersiwn o 'wn i ddim'.

'A be ti am wneud rŵan?'

'Mynd yn ôl i sgwennu ar ôl i ti adael.'

'Nage, Steffan,' a'r ffug-amynedd yn llenwi ei llais. 'Be wyt ti am wneud ynglŷn ag Efa? Wyt ti am fod yn dad iddi hi?'

'Ti'n gwbod be, Sali, sgen i ddim syniad be mae hynna'n olygu.'

'Cadw mewn cysylltiad yn un peth. Fyddai hi, hi a'i chariad falla, yn licio dod yma am ginio dydd Sul, ti'n meddwl? Mi wna i goginio.'

Mi allwn i fod wedi sgwennu'r sgript yma. Codais a chario'n mygiau gweigion i'r sinc.

'Diolch am y cynnig. Rhywbryd. Falla.' Ond tydi Sali ddim yn wirion. 'Sa waeth 'swn i wedi dweud 'rho dy *Yorkshire puddings* yn dy din' ddim. Dim ond wedyn wnes i sylweddoli mod i'n flin efo Sali am ei bod wedi ystyried na fyswn i'n cadw cysylltiad efo Efa. Ac eto doeddwn i heb wneud, nag oeddwn, ddim y tro diwetha.

Y peth braf efo sgwennu ydi fod posib gadael y byd go iawn, hwnnw oedd yn cynnwys Efa a Sali'n fy achos i, a mynd i fyd arall. Mae'n bosib bod gweithwyr eraill 'run peth, nad ydi problemau eraill yn mennu dim ar saer da tra'i fod yn canolbwyntio ar osod drws yn berffaith. Wn i ddim i sicrwydd, ond mae'n eitha posib. Ond yna daw'n amser diffodd y cyfrifiadur a rhoi'r morthwyl a'r lli i'w cadw ac mae'r byd go iawn yn dychwelyd. A'r cwbl allwn i ei glywed oedd fy llais i yn dweud, 'Sgen i ddim syniad be mae hynna'n olygu.'

Mae'n siŵr fod y we yn llawn blogiau a fforymau a

stafelloedd sgwrsio lle mae pawb a'i fam yn trafod y profiad o ailgysylltu efo merch ar ôl blynyddoedd maith. Ond i be awn i i ddarllen pethau felly, hanesion pobl wirion yn golchi eu dillad budr yn gyhoeddus, chwedl y Sais? Doeddwn i heb sôn gair efo neb am Efa'n ystod yr holl flynyddoedd, ddim tan rŵan. Mwya sydyn mi oeddwn i'n teimlo'n eithriadol o flin tuag at Sali. I be oedd hi isio ymyrryd, busnesu, holi? Mi oeddwn i ac Efa wedi bod yn teimlo'n ffordd yn reddfol, yn crwydro i ba bynnag gyfeiriad oedd yn denu, heb fap a heb amserlen. Rŵan mi oeddwn i, mwya sydyn, yn edrych yn fy mlaen i weld lle roedd y llwybr yn mynd, yn trio gweld a oedd yna rwystrau ar y ffordd, yn dyfalu pryd y byddwn i'n cyrraedd, heb hyd yn oed wybod lle roeddwn i am ei gyrraedd.

Mi es i i 'ngwely'n gynnar a mynd i gysgu heb ddarllen o gwbl a breuddwydio am Carys ac am Lora. Roedd y ddwy mewn ffair wagedd yn rhywle ac wedi mynd â Llwydrew efo nhw i'r ffair heb ddweud wrtha i. Mi oedd yna rywun arall yn y freuddwyd yn rhywle hefyd, ond doeddwn i ddim yn cofio'r manylion pan wnes i ddeffro yn y bore.

Efa

Bu rhaid i mi ddod lawr o ben ystol i gyfarfod Rhydian Gwyn am yr eilwaith, rhyw ddwyawr ar ôl i mi ei gyfarfod am y tro cyntaf.

'Rhyds, dyma Efa. Hogan Carys ydi Efa.'

'Prin fod rhaid i ti ddeud, Lora. 'Run ffunud â hi, tydi.' Estynnodd ei law i mi a gwenu, gwên dyn bach distaw mewn siwt lwyd. 'Braf dy gyfarfod, Efa. Mi oedd dy fam yn ddynas dda.'

Dim ond ar ôl iddo fo fynd a finnau yn ôl ar ben yr ystol y gwnes i sylweddoli nad oeddwn i erioed wedi clywed neb yn galw Mam yn 'ddynas dda' o'r blaen. Ddim hyd yn oed yn ei chynhebrwng. Ond mi oedd hi chydig bach yn anodd i bobl wybod be i'w ddweud yn y cynhebrwng, a doedd yna ddim cymaint â hynny o bobl yno. Yn sicr, doedd Rhydian Gwyn ddim yno i'w galw'n ddynas dda.

'Sut oedd y Rhydian yna'n nabod Mam, Lora?'

'Amser maith yn ôl. 'Sa ti ddim yn meddwl o edrych arno fo heddiw ond mi oedd o'n uffarn o bishyn!'

Ac fe ganodd y ffôn, ac fe anghofiwyd am Rhydian Gwyn, heblaw bod y geiriau 'dynas dda' wedi aros yn fy mhen yn rhywle. Ar ôl tipyn mi oeddwn i'n dechra ama fy mod i wedi'u clywed o'r blaen, ond allwn i yn fy myw â dweud ym mhle. Ac fe es i adra ddiwedd y dydd heb holi dim mwy ar Lora.

Roedd gen i ddeuddydd o wylia wedyn a'r penwythnos yn sownd ynddo, felly mi oeddwn i a Meic wedi penderfynu dengid i rywle. Bu cryn edrych ar y we faint 'sa hi'n gostio i hedfan i un o ddinasoedd Ewrop, ond er y byddai wedi bod

yn ddigon rhad, mynd ar y cwch i Ddulyn wnaethon ni'n
y diwedd. Ac aros mewn gwesty crand a bod yn dwristiaid
go iawn – bws heb do o amgylch y ddinas, ymweld â bragdy
Guinness a cherdded o amgylch Carchar Kilmainham a
dod oddi yno'n crio.

'Hormons,' meddwn i.

'A finna,' medda Meic.

Mi brynais i ddau gerdyn post o'r carchar a gyrru un
ohonynt at Lora a phawb arall yn y cwmni. Mi brynodd
Meic gardiau post yn dangos un o dudalennau cain Llyfr
Kells, er nad oeddem wedi bod yn ei weld, a'u gyrru at ei
rieni a'i chwaer. Ac fe edrychais i ar yr ail gerdyn post o'r
carchar a sylweddoli nad oedd gen i gyfeiriad Steffan. Ac am
ryw reswm teimlo'n ofnadwy o afresymol o drist ynglŷn â
hynny. Eisteddais ar fainc ar lannau afon Liffey, ger y Bont
Ddima a gyrru tecst ato yn dweud fy mod yn Nulyn ac y
byddai wedi cael cerdyn post hen ffasiwn taswn i'n gwybod
ei gyfeiriad. Mewn rhyw chwarter awr daeth ateb yn dweud
wrtha i am yfed peint o Guinness ar ei ran a gwneud yn siŵr
mod i'n mynd i gael brecwast neu de bach yn Bewley's. Ond
wnaeth o ddim cynnig ei gyfeiriad. Rhoddais yr ail gerdyn
post yn fy mag gyda'r bwriad o'i roi iddo fo ar ôl dod adref,
ond anghofio wnes i. Mi gefais hyd iddo yng nghefn rhyw
ddrôr y diwrnod o'r blaen a dw i wedi ei roi yn sownd ar wal
y gegin efo darn o flw tac. Falla yr a' i â fo draw iddo fo ryw
gyda'r nos.

Mae'n rhaid mod i'n gwenu wrth ddarllen y neges gan
i Meic, sydd ddim yn arfer busnesu, ofyn pwy oedd wedi
cysylltu.

'Steffan. Mae'n dweud wrtha i yfad peint o Guinness ar ei
ran.'

Chwarddodd Meic. ''Sa ti wrth dy fodd 'sa ti'n gallu cael un, bysat?' Oedodd am ennyd wrth edrych ar fy wyneb. 'Ti heb ddeud 'tho fo'n naddo?'

'Naddo. Ddim eto.'

'Pam?'

'Dwn i'm. Ddim isio'i ddychryn falla. Mae'n ddigon o sioc ffeindio dy fod yn dad, heb sôn am gael gwybod dy fod yn mynd i fod yn daid hefyd.'

'Ond mi oedd o wastad yn gwybod ei fod yn dad,' oedd ateb Meic, yn hollol resymegol fel arfer.

Ac mae'n siŵr fod Steffan wastad yn gwybod, doedd, nid ein bod ni wedi trafod llawer ar y peth. Ond gwybod ei fod wedi cenhedlu plentyn oedd o. Tydi hynny ddim 'run peth. A dyna ystrydeb os bu un erioed.

Reit, Steffan, meddwn i wrtha fi'n hun yn ddistaw, pan ddo i adra mi yda ni'n mynd i gael sgwrs go iawn. Mae angen i mi wybod y stori, neu o leia wybod dy ochr di o'r stori. Yna trois at Meic.

'Ti'n gwybod y peint Guinness 'na? Wyt ti awydd ei yfad ar ran Steffan?'

Y peth da efo Dulyn ydi nad ydach chi byth ymhell o dafarn, ac mae 'na ryw fath o graic i'w gael hyd yn oed wrth yfed panad o goffi.

Steffan

Mi oeddwn i wedi anghofio popeth am y swydd 'na y soniodd Sali amdani. Mae'n rhaid na wnaeth hi ddweud wrtha i ei bod wedi bod am gyfweliad. Felly mi oeddwn i chydig bach ar goll pan ruthrodd i mewn i'r gegin wedi cynhyrfu.

'Dw i 'di chael hi! Dw i 'di chael hi!'

Weithia dw i'n ama nad oes gan y ddynas na ffôn na thŷ. Ond dyna fo, petai hi wedi ffonio fe fyddwn wedi cael fy ngorfodi i ofyn iddi be oedd hi wedi'i gael. Fel hyn doedd ond angen iddi hi edrych ar fy wyneb i weld fy mod ar goll yn llwyr.

'Y swydd, Steffan. Y swydd ym Manceinion.'

Roedd rhaid ei chofleidio, roedd hi'n edrych mor hapus. Roeddwn i wedi prynu ces o Prosecco rhad rhyw wythnos ynghynt, ac roedd un botel yn yr oergell. Es yn syth i'w hagor.

'Un ar ddeg y bore ydi hi, Steffan.'

'Be 'dio bwys?'

Erbyn i Efa ffonio mi oeddan ni hanner ffordd trwy'r drydedd botelaid. Gan fy mod i'n ymwybodol nad oedd fy lleferydd efallai'n hollol glir mi esboniais fod Sali wedi cael swydd newydd a'n bod yn dathlu. Ac yna fe ddeallodd Sali efo pwy oeddwn i'n sgwrsio a chipio'r ffôn oddi arna i.

'Helô, Efa fach. Mae Steff 'di sôn gymaint amdanat ti. Rhaid i ni gwarfod. Cyn i mi ddechra'r job newydd 'ma. Rhaid i ti a dy gariad – Mark, ia? – rhaid i chi ddod draw i gael bwyd.'

Cymerais y ffôn yn ôl oddi arni a mynd i eistedd ar waelod y grisiau efo fo. Ymddiheurais. Ond roedd Efa'n chwerthin, ac yn dweud wrtha i am beidio â phoeni ac i fynd yn ôl i fwynhau'r gwin, a gwneud yn siŵr ein bod ni'n cael rhywbeth i'w fyta. Ac mi ddylwn i fod wedi bod yn flin efo Sali, hulpan wirion fusneslyd oedd yn methu dal ei diod, ond mi oeddwn inna erbyn hynny mewn hwyliau da ac wedi dechra gweld popeth yn ddoniol. Es yn ôl i'r gegin, ail-lenwi fy ngwydryn a rhoi caws a bisgedi ar y bwrdd.

'Mae Efa'n dweud y doith hi draw rhywbryd, ac y bysa hi'n licio dy gyfarfod. Mae hi hefyd yn dweud mai Meic ydi enw'i chariad.'

Doedd hi heb ddweud y darn ola 'na ynglŷn â Meic wrth gwrs, fi oedd wedi'i ychwanegu. Edrychodd Sali arna i'n ddryslyd.

'Dyna ddudis i. Dw i'n gwbod mai Meic 'di enw'i chariad hi. Dw i'n cofio petha.'

Dw i'n cofio meddwl bod Sali'n edrych yn ddel, ac y byddai hi chydig bach yn chwith i mi pan fyddai hi ym Manceinion trwy'r wythnos, a ddim yn galw byth a beunydd i fy styrbio a fy rhwystro rhag sgwennu. Ond erbyn y bore doeddwn i ddim yn teimlo felly – mi oeddwn i'n flin bod gen i gur yn fy mhen, yn flin mod i wedi gwastraffu diwrnod lle y gallwn i fod wedi bod yn sgwennu, ac mi oeddwn i isio fy nhŷ yn ôl i mi fy hun, yn lân ac yn dwt fel mae o'n arfer bod. Mi fyddai parasetamol yn gwella fy mhen a buan iawn y byddai'r briwsion caws wedi eu sgubo, y gwydrau wedi eu golchi a'r poteli gweigion yn y bin ailgylchu. Ond doedd 'na ddim byd y gallwn i ei wneud i newid y ffaith fod Sali wedi cyflwyno ei hun i Efa ac wedi ei gwadd draw, a bod Efa wedi dweud yr hoffai ddod draw. Gwgodd Llwydrew arnaf o'r sil ffenest. Tydi hi byth yn hapus pan mae Sali'n aros dros nos.

'Sori.'

Ystyriais a ddylwn i ffonio Efa ac ymddiheuro. Ond penderfynais mai bod yn ddistaw oedd orau. Yn aml iawn bod yn ddistaw ydi'r dacteg orau. Wnes i ddim dweud llawer pan ddaeth Carys ataf i ddweud ei bod yn feichiog. Doedd hi ddim yn dacteg gall bryd hynny, ond doedd yna ddim llawer i'w ddweud. Doeddwn i ddim yn gwybod be i'w ddweud, felly calla dawo oedd hi yn fy marn i. Dw i'n cofio Carys yn dweud wrtha i wedyn, ''Sa well gen i 'sa ti wedi deud rwbath, Steffan. Wedi dweud wrtha i gael gwarad ohono fo os oedd rhaid. Mi fydda hynny 'di bod yn well na'r distawrwydd 'na.'

Ond doeddwn i ddim yn mynd i ddweud hynny. Hi oedd yn feichiog, nid fi. Nid mod i'n ama ai fi oedd y tad. Mi oeddwn i reit sicr nad oedd Carys yn cysgu efo neb arall. Ond doeddwn i ddim yn feichiog. Dw i'n ama mod i wedi dweud hynny wrthi.

'Chdi sydd yn disgwyl, Car, nid fi.'

Dw i'n cofio Lora'n edliw y frawddeg yna i mi. Falla mai dyna pam dw i'n cofio i mi ei dweud. O'r holl frawddega mae person yn eu dweud yn ystod ei oes chydig iawn ohonynt sy'n glynu yn y cof. Geiriau gweigion ydyn nhw yn mynd yn y gwynt ac yn cael eu dal eilwaith gan bobl fel fi a'u rhoi ar glawr fel bod yna bobl eraill, darllenwyr, yn credu eu bod yn bethau o bwys. Dw i wrthi'n sgwennu cofiant i ŵr o'r enw R. P. Morgan ar hyn o bryd, naturiaethwr yn bennaf. Mae 'na gyfeillion iddo'n dal yn fyw. Mi allwn i lenwi hanner pennod, mwy na hynny, petai un ohonynt yn ei gofio'n dweud hynna wrth ei wraig.

'O, sori, Steff.'

Eisteddodd Sali'n ofalus wrth fwrdd y gegin a gorffwys ei phen ar ei llaw. Mae gan Toulouse-Lautrec lun o'r enw

The Hangover, mi welis i o chydig flynyddoedd yn ôl pan oeddwn yn America, ac roedd Sali'n edrych yn union fel y wraig yn y llun hwnnw.

'Dw i ddim yn cofio be ddudis i, sti. Dw i'n gwbod mod i wedi siarad efo Efa ar y ffôn. Ond dw i ddim yn cofio be nes i ddeud. Ges i enw'i chariad yn anghywir, yn do?'

Efallai nad yda ni, boed yn chwil neu'n sobr, yn cofio'r pethau pwysig.

'Ti wedi ei gwadd hi a Meic yma i gael bwyd.'

'O, mae hynny'n OK, tydi? Sgen ti barasetamol?'

Ac efallai nad yda ni'n sylweddoli ar y pryd be sy'n bwysig. Mae'n bosib nad yda ni hyd yn oed wedyn, reit ar ddiwadd y stori, yn sylweddoli be oedd yn bwysig.

Rhyd y Gro

Er na thrafodwyd y peth erioed, mi oedd pawb yn derbyn na ddylid styrbio Steffan pan oedd o'n ei ystafell yn sgwennu. Ac eto, doedd o ddim wedi synnu nac yn flin pan gerddod Carys i mewn y pnawn hwnnw heb hyd yn oed gnocio, ac eistedd ar y gwely. Roedd y llofft fel cartŵn o weithdy bardd neu nofelydd gyda basged yn orlawn o ddalenni papur wedi'u crychu'n beli blin.

'Pam mod i'n trafferthu, dŵad, Car?'

'Am dy fod ti'n dda. Ac am y bydd pobl eraill yn sylweddoli yn y diwedd dy fod ti'n dda.'

'Diolch.'

Rhythodd Steffan ar y ddalen o bapur o'i flaen fel petai newydd ymddangos yno. Cododd Carys, mynd i edrych allan trwy'r ffenest ac yna dychwelyd i eistedd ar y gwely. Taclusodd y llyfrau oedd yn gorwedd yn flêr ar y bwrdd wrth erchwyn y gwely. Teipiodd Steffan ychydig frawddegau a sŵn y metel yn taro'r papur oedd yr unig beth i'w glywed yn yr ystafell. Atalnod llawn, ac yna trodd at Carys.

'Oeddat ti isio rwbath?'

Dim ond am eiliad wnaeth hi betruso. Ac yna dyna hi'n dweud wrtho fo. Dweud ei bod yn disgwyl ei blentyn, ei bod wedi mynd tri mis, nad oedd erthyliad yn rhywbeth yr oedd hi wedi'i ystyried. Ac yna distewi.

Ddwedodd Steffan ddim byd am ychydig.

'Oeddat ti'n trio?'

'Nag oeddwn siŵr.'

'Ond ti'n bendant yn mynd i'w gadw fo.'

Nodiodd Carys.

'Be ti isio i mi neud, Carys?'

Doedd hi ddim yn sgwrs hir, ac mi oedd Steffan wedi troi'n ôl at ei deipiadur cyn i Carys fynd trwy'r drws. Ond wrth iddi fynd trodd ati eto.

'Un peth, Carys, paid â deud wrtho fo pwy ydi'i dad o. Does 'na ddim pwynt iddo fo wbod.'

'OK, os dyna ti isio.'

'Ia, dyna dw i isio. Ti'n gaddo?'

'Gaddo.'

Caeodd Carys y drws ar ei hôl a sefyll yno ar y landin am ychydig yn gwrando ar sŵn y llythrennau dur yn gwneud i'r stori dyfu. Pan ddaeth hi i lawr yn ôl i'r gegin doedd ond angen i Lora edrych ar ei hwyneb i wybod.

'Ti wedi deud wrtho fo'n do?'

'Do.'

'Ac?'

Rhwbiodd Carys ei bol, nad oedd hyd yn oed wedi dechrau chwyddo.

'Dw i'n meddwl y bydd y bychan angen ei Anti Lora. Fydd o ddim yn gweld llawer ar ei dad.'

'Be? Sioc. Ddoith Steff ato'i hun, sti. Ti isio i mi gael gair efo fo?'

Ond roedd Carys yn bendant nad oedd Lora i fusnesu. Roedd hi'n sicr y byddai hi'n hollol iawn yn magu'r plentyn ei hun.

'Tydi o ddim yn beth da gorfodi dau berson i fod efo'i gilydd jest oherwydd eu bod nhw wedi bod yn flêr, jest oherwydd eu bod nhw wedi neud babi.'

Cofleidiodd Lora hi ac yna tynnu lliain sychu llestri glân o'r drôr er mwyn i Carys sychu'i dagrau. Rhoddodd Carys y lliain ar y bachyn wedyn, ond tynnodd Lora fo oddi yno a'i daflu i'r fasged ddillad budron yng nghornel y gegin.

'Dw i ddim isio masgara a snot ar fy mhlatia, diolch 'ti.' Ond mi oedd hi'n gwenu. 'Well i mi gadw golwg arnat ti, tydi, neu Duw a ŵyr be ddigwyddith i'r babi 'na.'

Wnaeth Lora ddim deud gair wrth Steffan hyd nes iddi gael cyfle i'w gornelu ar ei ben ei hun. Ymosododd arno'n chwyrn ac mi oedd hi wedi synnu pa mor huanfeddiannol oedd Steffan.

'Mae 'na betha ti ddim yn'u dallt, Lora. 'Sa'n well 'sa ti'n meindio dy fusnas.'

Lora oedd yr un ddwedodd wrth Rhydian fod Carys yn feichiog. Dweud wrtho yn y gobaith y byddai'n gallu dwyn perswâd ar Steffan i wynebu'i gyfrifoldebau wnaeth hi fwy na dim.

'Wnei di siarad efo fo, Rhyds? Tydi Carys ddim isio i ni fusnesu, ond ...'

Ac mi oedd hi'n falch o weld y ddau ohonyn nhw chydig ddyddiau wedyn yn eistedd yng ngwaelod y cae ger y nant a braich Rhydian ar ysgwyddau Steffan.

Efa

Mi wnes i ffonio Steffan ar ôl dod adref o Ddulyn. Dw i ddim yn cofio faint o'r gloch yn union, rhywbryd ar ôl cinio, nes at ddiwadd pnawn falla. Roeddwn i'n meddwl yn syth ei fod yn swnio'n fwy siriol nag arfar, ac fe esboniodd ei fod o a Sali'n dathlu am ei bod hi wedi cael swydd newydd. Esboniodd rywbeth am boteli Prosecco. Ac yna daeth Sali ar y ffôn, yn amlwg wedi yfed tipyn mwy o'r Prosecco. Ond mi gymris i ati hi. Mi oeddwn i'n teimlo y byddai'n braf cael sgwrs iawn efo hi rywbryd ac yn gobeithio y byddai'n cofio ei bod wedi ein gwadd ni draw yno. Roedd gen i ryw lun yn fy mhen o'r dyfodol â Steffan a Sali a Meic a finna'n cael cinio Sul hamddenol a babi penmelyn bodlon yn cael ei basio o un lin i'r llall.

Gan gadw at ei haddewid mi ffoniodd Sali fi ymhen rhyw wythnos, ond nid i wadd Meic a finna draw i gael bwyd. Yn hytrach esboniodd ei bod yn gweithio ffor'ma mewn rhyw chydig ddyddia ac yn meddwl 'sa hi'n braf i ni'n dwy gael panad. Peidiwch â gofyn i mi sut oeddwn i'n gwbod ei bod hi'n dweud celwydd. Ond os oedd hi am deithio'r holl ffordd yma i fy nghyfarfod, ei dewis hi oedd hynny.

Daeth e-bost gan Steffan yn hwyrach y noson honno. Dim ond pwt o neges sydyn yn holi sut oeddwn i ac yn cynnwys manylion rhyw lyfr roeddan ni wedi bod yn ei drafod. Soniodd o 'run gair ynglŷn â Sali'n dod i fy nghyfarfod, a wnes innau ddim sôn gair chwaith.

Wrth i mi nesáu at y caffi y gwnes i sylweddoli nad oedd gen i syniad sut un oedd Sali o ran pryd a gwedd ac nad oeddan ni wedi gwneud rhyw drefniant 'blodyn coch yn fy nghôt' fel hen ffilm ysbiwyr ddu a gwyn. Ond doedd dim angen i mi fod wedi poeni – roedd y lle fwy neu lai yn wag a'r unig un y gallai Sali fod oedd y wraig oedd yn eistedd wrth y bwrdd ger y ffenest. Y peth hurt aeth trwy fy meddwl wrth edrych arni y tro cyntaf hwnnw oedd nad oedd hi cyn dlysed â Mam. Be ddiawl oedd o bwys? Dw i ddim yn meddwl mai ei gweld fel cystadleuaeth i Mam oeddwn i, mi fyddai hynny'n hurt, ond fy mod i isio i Steffan gael cariad tlws. Ond cyffredin yr olwg ydi Sali. Nes ei bod hi'n gwenu.

Mae hi'n dal i wenu arna i yn union fel y gwenodd hi arna i yn y caffi y diwrnod hwnnw. Ac wrth gwrs mae pobl yn gwenu'n ôl arni hi. Mae Now, diolch byth, yn hogyn bach bodlon sy'n gwenu ar bawb, ond mae o'n gwenu'n lletach ar Sali nag ar neb arall. Gwenau twyllodrus ydi'r ddwy wrth gwrs. Mae pawb yn meddwl fod Sali'n syml a bodlon ei byd. Ac fe all gwên Now droi yn sgrechian a dagrau o fewn eiliadau.

'Mi wyt ti'n debyg iddo fo,' oedd geiriau cyntaf Sali'r pnawn hwnnw.

'Da chi'n meddwl? Pawb yn dweud mod i'n debyg i Mam.'

Ac fel pob plentyn, beth bynnag ei oed, darganfod mod i isio bod yn debyg i fy nau riant. Ac fy mod i hefyd isio bod yn hollol wahanol iddynt, yn ddim byd tebyg iddynt, boed hynny o ran pryd a gwedd neu o ran natur. Yn arbennig o ran natur.

Tynnais fy mhwrs allan o fy mag a dangos y llun bychan o Mam sy'n byw ynddo i Sali.

'Dynas dlws,' meddai, fel mae pawb yn ei ddweud. 'Tydi Steffan heb sôn amdani, mae gen i ofn, ddim hyd yn oed rŵan.'

'Wel, nath hitha ddim sôn amdano fo chwaith, yn amlwg.'

Ac er mod i wedi arthio'r ateb braidd yn flin ac amddiffynnol, fe chwarddodd y ddwy ohonom. Ac yna yfad ein paneidiau a byta'n cacennau mewn distawrwydd am chydig.

'Dw i'n falch dy fod wedi bod yn fodlon fy nghyfarfod, Efa. Beth bynnag fo'r rheswm.'

Doeddwn i heb feddwl cyn hynny a oedd gen i reswm penodol dros fod yn fodlon, yn wir yn awyddus, i gyfarfod Sali. Ond mi sylweddolais wrth iddi ddeud hynna nad diddordeb yn Sali oedd gen i, wrth gwrs. Isio gwybod mwy am Steffan oeddwn i. Isio dod yn nes ato fo trwy ddod yn nes ati hi. Gwelais fy hun pan oeddwn yn y chweched dosbarth yn treulio oria yn chwarae Monopoly efo brawd bach rhyw hanner cariad oedd gen i ar y pryd. Ac yn helpu ei fam i lanhau'r carafannau oeddan nhw'n eu gosod. Y cyfan am fy mod yn awchu am unrhyw bwt o stori amdano. Nid fod hynny wedi bod o unrhyw help yn y pen draw.

Ac mi oeddwn i isio i Sali siarad am Steffan, isio iddi hi ddeud storïau diddiwedd am fanylion ei fywyd. Roeddwn i am ei chlywed hi'n digwydd sôn am yr holl bethau dibwys nad oeddwn i'n eu gwybod. Ond siarad amdani hi'i hun wnaeth hi, ac am ei phlant. Dangosodd luniau ohonynt i mi. Soniodd am ei brawd sy'n Hong Kong. Yn gyfnewid am hyn i gyd cynigiais storïau am Meic, ac am deulu Meic. Ac fe aeth awr heibio.

Cynigiodd Sali brynu cinio i mi.

'Waeth i mi fwyta'n fan hyn cyn cychwyn adra ddim. Ac mae'r bwyd môr yma'n fendigedig.'

Mae'n rhaid ei bod yn edrych arnaf yr union adeg yna i weld yr awydd a'r petruso barodd eiliad yn unig.

'Ti'n disgwyl plentyn, yn dwyt, Efa.'

Doedd o ddim hyd yn oed yn gwestiwn.

'Dw i heb ddeud wrth Steffan.' A doedd dim rhaid i minna ofyn iddi gadw'r gyfrinach.

Steffan

Mi oeddwn i wedi disgwyl i Sali neud trefniada i wahodd Efa a'i chariad draw i gael bwyd yn fuan ar ôl y sgwrs ffôn chwil honno. Ond wnaeth hi ddim. Mi oedd Sali'n brysur yn y cyfnod yna, roedd ganddi sawl cyfarfod ynglŷn â'r swydd newydd. Roedd angen penderfynu sut y byddai'n rhannu ei hamser rhwng Manceinion a Chymru. Mi ofynnodd i mi unwaith o leia beth oedd fy marn, ond wnaeth hi ddim sôn y byddai'n treulio mis yn yr Iseldiroedd yn yr haf.

'Do, Steffan. Mi wnes i drafod y peth pan oeddwn i'n gwneud y cais. Dyna un o'r pethau oedd yn apelio. Mae 'na gymaint o arbenigedd yna. Mae'r gwaith sy'n cael ei wneud gan ...'

Tydw i'n dal ddim yn cofio enw'r wraig yn yr Iseldiroedd sy'n gymaint o eilun iddi hi. Gan fy mod i'n rhyw hanner disgwyl i Sali gysylltu efo Efa a'i gwahodd draw, wnes i ddim cysylltu am dipyn adeg honno. Efa gysylltodd efo fi. Galwad ffôn ganol bore a finna ar ganol gweithio. Ers talwm mi oeddwn i'n anwybyddu pob galwad ffôn os oeddwn i ar ganol sgwennu, ond ers cael ffôn sy'n dangos y rhif a hwnnw ar y ddesg wrth fy ochr dw i o leiaf yn edrych pwy sydd yna. 'Efa: tŷ' meddai'r llythrennau bach gwyrdd, ac mi godais y ffôn.

'Wyt ti adra, Steffan? Meddwl 'sa ni'n gallu cael cinio yn rhywle. Heb dy weld ers sbel. Dw i ddim yn gweithio heddiw.'

Mi oeddwn i'n clicio i arbed fy nogfen ac i ddiffodd y cyfrifiadur wrth sgwrsio efo hi. Ac mi wnes i newid fy nghrys. Crys glas wisgais i, yr un glas plaen efo pob botwm yn wahanol liw. Od sut mae rhywun yn cofio rhai petha dibwys tydi? Am ei bod hi braidd yn oer mi oedd y crys o'r golwg o dan fy siwmper trwy gydol yr amser, ond mi oeddwn i'n ymwybodol o'r botymau glas a choch a melyn a du. Dw i heb wisgo'r crys yna ers tipyn.

Dw i'n cofio i mi feddwl am funud bod Efa wedi fy ngwadd allan am ei bod am ddweud rhywbeth wrtha i. Ond doedd ganddi hi ddim byd pwysig i'w drafod. Yn y dechrau mi fyddwn i'n gofyn i Sali, ar ôl deall bod un o'i phlant wedi ffonio, be oedd ganddo fo neu hi i'w ddweud. 'Dim byd.' A finna ddim yn deall sut roedd dim byd yn gallu cymryd awr i'w ddweud.

A wnes i ac Efa ddim trafod dim byd o bwys wrth fyta'n cinio. Dim ond manion, pytia, briwsion o'i bywyd hi. A finna'n awchu amdanyn nhw. Llond pocad o farblis – da i ddim, ond braf gallu gwthio fy mysedd i'w canol a braf cael astudio un ohonynt yn fanwl weithia a gadael i'r golau dreiddio trwyddo. Braf eu dangos i bobl eraill efallai.

'Mi oedd Efa'n mynd i ddosbarthiada karate pan oedd hi'n fach, sti. Mi enillodd felt brown cyn rhoi'r gora iddi hi. Un yn is na belt du ydi hwnnw.'

A Sali'n gwenu arna i wrth glirio'r platia swper budr oddi ar y bwrdd.

Peth od fod Carys wedi ei gyrru i wersi karate. Fyddwn i ddim wedi disgwyl iddi hi fod â llawer o fynadd efo ymarfer corff mor dreisgar. Ond efallai fod cefndir dwyreiniol y gamp wedi apelio at yr hen hipi. Hi oedd y rheswm fod Rhyd y Gro'n llawn o ddefnyddiau o'r India ac oglau jos stics yn glynu wrth bopeth. Ac nid diwylliant y dwyrain yn unig oedd yn apelio ati. Roedd hi wedi gosod rhywbeth tebyg i ddarn o we pry cop wedi ei wneud o edau liw ac ambell bluen yn crogi uwchben pob gwely. Ei bwrpas oedd gogro'n breuddwydion, gan gadw'r hunllefau oddi wrthym a gadael i'r breuddwydion da lithro i lawr y plu atom. Maen nhw'n cael eu gwerthu ym mhob siop geriach erbyn hyn, ond dim ond gan Carys welis i rai adeg honno. Ac mi oedd hi'n credu ynddo fo. Weithiodd o ddim, naddo? A wnaeth ei bwyd naturiol organig ddim rhoi bywyd hir iddi hi. Nid mod i'n gwbod llawer ar y pryd, dim ond be ddwedwyd wrtha i gan rywun mewn tafarn rhyw noson. Mi fuodd bron i mi roi dwrn i'r boi 'na ddudodd. Ond wnes i ddim. Dim ond gwrando arno ac yna cerdded i ffwrdd. A dal i gerdded am oriau hyd nes i mi gyrraedd tafarn arall fillteroedd i ffwrdd ac yfed trwy'r nos efo criw o bobl o'r Alban oedd yno, a chysgu efo hogan fain â gwallt coch. 'Don't cry, Steve,' medda hi wedyn gan afael yn dynn amdanaf.

Efallai y dylwn i holi fwy ar Efa rŵan. Efallai y dylwn i ei hannog i siarad am Carys. Er, dwn i ddim faint gwell fyswn i o gael gwybod manylion. A dw i erioed wedi gwthio Efa i ddatgelu dim byd wrtha i a wnes i'n sicr ddim y diwrnod hwnnw.

Felly siarad am ddim byd a phopeth wnaeth y ddau ohonom am awr a mwy. Trafod karate, trafod sut y mae'n rhaid ymarfer y symudiadau drosodd a throsodd, dro ar ôl tro, fel eu bod yn ail natur i'r corff, cyn ystyried eu defnyddio i ymladd yn erbyn gwrthwynebydd.

Efa

Roeddwn i wedi penderfynu bod rhaid i mi ddeud wrth Steffan. Roedd siâp fy nghorff yn newid, mi fyddai'n hollol amlwg yn fuan iawn fy mod yn disgwyl. Ond am y tro roeddwn i'n gallu ei guddio trwy wisgo dillad llac. Nid mod i'n neud hynny fel arfer. Roeddwn i'n eitha hoff o'r chwydd bychan. Ond pan fyddwn i'n cyfarfod Steffan crys llac fyddai'n cael ei dynnu o'r cwpwrdd.

Mi oeddwn i'n gwbod be oeddwn i'n ei ofni yn y bôn – ofn i Steffan ddiflannu am yr eildro. Roedd Mam wedi dweud wrtho ei bod yn disgwyl plentyn ac mi oedd wedi rhoi tro ar ei sawdl a cherdded i ffwrdd. Ac roedd gen i ofn i mi ddweud wrtho fo fy mod yn disgwyl plentyn ac iddo roi tro ar ei sawdl a cherdded i ffwrdd. Mi oeddwn i wedi ymarfer gwahanol ffyrdd o ddweud wrtho.

'Mae gen i newyddion da … Mae gen i rywbeth i'w ddweud …' Efallai ryw jôc wirion am gael dau am bris un. Na, fyddai hynny ddim yn iawn.

Mi ofynnodd Lora'r diwrnod o'r blaen, fel mae Lora'n gallu gofyn petha yn blwmp ac yn blaen, heb bechu dim efo neb, 'Be mae Steffan yn feddwl o'r syniad o fod yn daid?'

A gweld yn syth, cyn i mi ddweud gair, nad oeddwn i wedi sôn am y peth.

'Paid â disgwyl gormod, Efa.' Ac yna gadael y pwnc.

A doeddwn i ddim yn disgwyl gormod. Dw i ddim yn meddwl mod i'n disgwyl dim byd. Doeddwn i'n sicr ddim yn dychmygu Steffan yn daid cariadus yn dysgu'i ŵyr sut i bysgota. Dim ond ofn oedd gen i, ofn hollol hunanol. Doedd dim ots gen i am berthynas Steffan a'r plentyn yn fy nghroth. Poeni am fy mherthynas i a Steffan oeddwn i. Mae'n syndod pa mor glir dw i'n cofio hyn.

Wnes i ddim llwyddo i ddweud dim byd hyd nes ein bod ni'n sefyll wrth ein ceir, yn gogor-droi, ddim isio ffarwelio. A'i ddweud yn flêr ac yn drwsgl wnes i.

'Dwn i'm be ti'n mynd 'i feddwl o hyn, 'de, Steffan, ond dw i'n disgwyl. Disgwyl babi.'

A ddudodd o ddim gair am chydig. Dim ond dal ati i bwyso ar do ei gar ac edrych i'r pellter. Bron i mi ama a oedd o wedi fy nghlywed ai peidio. Ac yna mi drodd ata i. Doedd dim posib dweud be oedd yn mynd trwy'i feddwl.

'Wyt ti'n hapus am y peth?'

'Ydw.'

'Ac wyt ti'n cadw'n iawn? Yn iach? Chdi a'r ...' Petrusodd am eiliad. 'Chdi a'r babi?'

'Ydw. Yndan.'

'Cinio wythnos nesa? Sgen ti awydd dod draw? Dw i'n un eitha am neud bwyd.'

Gwenais. 'Mi fyddai hynny'n braf, Steffan. Ond dw i ddim yn gwybod ...'

Estynnodd i'r boced tu fewn i'w siaced a thynnu cerdyn busnes allan a'i gyflwyno i mi fel 'sa ni'n ddau oedd newydd gyfarfod ac yn gobeithio y byddem yn gallu cadw mewn cysylltiad am ein bod ni'n ama y gallai fod rhyw fantais i hynny.

Wnes i erioed ddallt a oedd yna unrhyw gysylltiad rhwng y ffaith mod i wedi gadael i Steffan wybod mod i'n disgwyl a'r gwahoddiad draw i'w dŷ i gael bwyd. Efallai nad oedd. Yn sicr, wnaeth o ddim cyfeirio at y ffaith pan oeddwn i yno'n byta. A wnes i ddim chwaith. Yr unig hanner cyfeiriad oedd

pan gynigiodd Steffan wydraid o win i mi a finna'n deud fod
well i mi beidio.

'O, ia. Dyna ydi'r cyngor dyddia yma'n te.'

Dim mwy na hynny.

Dw i'n mwynhau mynd i dai pobl. Dw i'n llyncu pob
manylyn. Ar y ffordd adra o bobman dw i'n diflasu Meic.

'Wnest ti sylwi ar gloch y drws, y lein ddillad, y degau o
boteli siampŵ oedd yn yr ystafell ymolchi …?'

Dw i'n trio cyfiawnhau'r peth trwy ddweud mai
diddordeb proffesiynol sgen i. Syniadau am set ydi pob tŷ.

'Stopia rwdlan, busneslyd wyt ti.'

Ond ddaeth Meic ddim efo fi i dŷ Steffan y tro cyntaf
hwnnw, felly chafodd o ddim ei ddiflasu ar y ffordd adra.

Yn od iawn, doeddwn i ddim wedi bod yn dychmygu sut
dŷ oedd gan Steffan. Mae hi'n gêm dw i'n ei chwarae fel arfer
– eistedd mewn caffi a phenderfynu pwy sy'n byw mewn tŷ
ar stad newydd, pwy sy'n byw mewn bwthyn anghysbell,
pwy mewn semi o'r tridegau a hwnnw'n obsesiynol o daclus
ac wedi ei ddodrefnu i gyd-fynd â'i gyfnod. Ac yna os ydi
Lora efo fi mae hithau'n penderfynu a ydyn nhw'n briod,
dal i fyw adra efo'u rhieni, yn rhannu tŷ efo'u brawd. 'Da ni
erioed wedi bod efo'r wyneb i fynd at neb a gofyn a yda ni'n
iawn. Ond doedd gen i ddim llun yn fy mhen o dŷ Steffan.

Doedd o'n ddim byd trawiadol – y tŷ pen mewn stryd
o dri ar gyrion y pentref. Tŷ carreg dwbl, drws a ffenestri
glas, gardd fechan o'i flaen a darn mwy o dir wrth ei dalcen.
Y peth mwyaf anghyffredin oedd coeden gas gan fwnci yn
tyfu'n fanno.

Parciais fy nghar ychydig yn nes ymlaen lle roedd y ffordd
yn lletach a cherdded yn ôl tuag at y tŷ. Daeth cath lwyd i
fy nghyfarfod, ac er nad oedd hi'n fodlon i mi ei mwytho,

dilynodd fi at ddrws y tŷ. Roedd y drws yn agored erbyn hyn ond cnociais a sefyll yno a'r gath yn gwau o amgylch fy fferau. Daeth Steffan i'r golwg o ystafell yng nghefn y tŷ. Roedd o'n gwisgo ffedog. Ffedog reit ddynol, debyg i ffedog cigydd, ond doeddwn i ddim wedi disgwyl ffedog. Gwnes ymdrech i guddio fy ngwên. Sychodd yntau ei ddwylo ar y ffedog cyn gafael yn ysgafn yn fy sgwyddau a'm cusanu ar fy moch. Diolch byth nad oedd angen gwneud penderfyniad ynglŷn â hynny bellach – dyna oedd y cyfarchiad yr oeddwn i'n ei ddisgwyl ganddo.

'Ti 'di cyfarfod Llwydrew, dw i'n gweld.'

'Mi oeddwn i'n cymryd mai Llwydrew oedd hi. Mi ddoth i 'nghwarfod i ond wneith hi ddim gadael i mi ei mwytho.'

'Fel'na yda ni,' a chododd y gath i'w freichiau.

Steffan

Mi welis i 'i char hi'n pasio, yn arafu chydig, ac yna yn mynd yn ei flaen. Mae'n siŵr ei bod wedi gweld fod yna le hwylus i barcio chydig nes i fyny'r ffordd. Es at y drws a'i agor, ond wnes i ddim sefyll yno'n aros amdani. Roedd angen rhoi tro i'r cawl a thynnu'r bara garlleg o'r popty.

Cnocio wnaeth hi'r diwrnod hwnnw yn hytrach na cherdded i mewn, felly roedd yn rhaid i mi ddod yn ôl at y drws. Roedd hi'n gwisgo crys sidanaidd golau ac fe sychais fy nwylo'n iawn i gael gwared ar bob arlliw o saim o'r bara garlleg cyn ei chyffwrdd. Mae Efa'n gwisgo'r un persawr bob tro. Dw i'n licio hynny mewn dynas. Wn i ddim be ydi ei enw, ond dw i'n ei adnabod bellach. Mae'n gwneud i mi feddwl am siocled a heli a dail Helygen Mair, er mae'n siŵr nad oes yr un o'r pethau yna ar ei gyfyl. Weithiau dw i'n clywed ei oglau ar ddynas arall ac yn troi fy mhen yn reddfol.

Dw i'n cofio ei bod hi'n amlwg yn sylwi ar bopeth yn y tŷ. Roedd hi'n trio ei wneud mor llechwraidd â phosib, ond sylwi ar bobl ydi fy ngwaith innau. A rhywsut mi oeddwn i'n falch. Mi ydw i'n ymwybodol o sut mae fy nhŷ'n edrych. Nid oherwydd rhyw angen i greu argraff ar neb, ond yn hytrach am mai adref yr ydw i'n gweithio ac fy mod yn gwybod o brofiad fy mod angen awyrgylch benodol i weithio ynddi. Dw i angen i bethau fod yn syml ac yn lân, yn eu lle ac yn gweithio. Mae'n syndod sut y mae cadw at ddim mwy na'r rheolau elfennol yna yn creu tŷ sydd ychydig yn wahanol i lawer o dai eraill.

Eisteddodd Efa wrth y bwrdd yn y gegin tra oeddwn i'n

gorffen cael pethau'n barod, ac aeth Llwydrew i eistedd ar gadair arall a rhythu arni. Dw i'n cofio rhythu ar Carys y tro cyntaf i ni gael bwyd efo'n gilydd. Allwn i ddim peidio ag edrych ar ei dwylo a'i cheg. Doedd o ddim hyd yn oed yn chwant rhywiol, dim ond rhyfeddod. 'Sgen i rwbath yn sownd yn fy nannadd?' gofynnodd. Ond mi oedd hi'n gwybod yn iawn nad oedd yna ddim byd rhwng ei dannedd, yn gwybod fy mod i, fel sawl un arall, methu peidio ag edrych. Sicrwydd yn ei gallu i ddenu, os nad sicrwydd mewn dim byd arall. Doedd y sicrwydd hwnnw ddim gan Efa. Efallai nad oedd arni hi ei angen, hi a'i chariad a'i babi ar y ffordd. Ac efallai fod ganddi ryw sicrwydd arall nad oedd gan ei mam.

Gwenodd Efa arnaf. 'Fedra i neud rwbath i helpu, Steffan?'

Gwrthodais ei chynnig. Roedd popeth o dan reolaeth. Ac weithiau mae yna bleser i'w gael o dendio ar rywun, o osod llestri llawn o'u blaenau a chlirio llestri gweigion wedyn. Gosodais fara garlleg a dwy bowlaid o gawl tomato cartref ar y bwrdd. Ddwy awr wedyn rhoddais y llestri budron yn y sinc a gadael i ddŵr lifo trostynt er mwyn i'r darnau bach oedd wedi dechrau sychu a glynu wrth y dysglau feddalu a llifo i ffwrdd. Weithiau mae'n braf cofio'r manion bach dibwys yma, y pethau sydd mor gyffredin a di-nod ond na ddigwyddith eto. Ddim yn union fel yna eto.

Mi holodd Efa fi am fy nheulu'r diwrnod hwnnw, dw i'n cofio. Ond does yna ddim llawer i'w ddweud am fy nheulu. Mae gen i fam, mae gen i chwaer. Dw i'n eu gweld unwaith y flwyddyn fel arfer. Does yna ddim un digwyddiad mawr dramatig yn gyfrifol am hyn, dim ond rhyw ymbellhau graddol am nad oes ganddon ni ddim byd i'w ddweud wrth y naill a'r llall.

'A dy dad, Steffan?'

'Mae honno'n stori wahanol.'

Arhosodd yn ddisgwylgar i mi fynd yn fy mlaen efo'r hanes.

'Rhywbryd eto. Caws a bisgedi? Neu rywbeth melys? Mae 'na gacen siocled mae Sali 'di neud os ti'n licio peth felly.'

Cacan siocled gymerodd hi. Dau ddarn mawr ohoni.

'Oedd Sali'n gwbod mod i'n dod draw?'

'Nag oedd. Mae hi'n gwneud cacennau i mi, ond tydw i ddim yn un garw am gacan. Felly mae o'n beth da pan mae rhywun arall yn eu bwyta.'

Pnawn braf oedd hwnna, pleser diymdrech, dim ond ni ein dau yn raddol ac yn ddi-lol yn dod i adnabod ein gilydd ychydig. Ond wedyn ar ôl i Efa gerdded allan trwy'r drws ac i'w char a gyrru i ffwrdd mi oeddwn i'n flin. A doeddwn i ddim yn dallt pam fy mod i'n flin. Golchais y llestri i gyd, roeddwn i wedi gwrthod cynnig Efa i helpu. Yna eu sychu a'u cadw bob un. Sgubais lawr y gegin gan glirio'r briwsion oedd o dan y bwrdd. Doedd oglau ei phersawr ddim yn glynu yn y tŷ ond roedd rhywbeth yn dal yna am weddill y pnawn oedd yn fy ngwneud yn anesmwyth. Rhyw atgof annelwig o rywbeth neu ryw hanner cip o'r dyfodol. Sgwennis i fawr ddim, neu ddim oedd werth ei gadw o leiaf.

Rhyd y Gro

'Sa well i ti ei phriodi hi, Steff.'

'Wnaeth hi ...' Oedodd Steffan. 'Be ti'n wbod?'

'Dim ond be ddudodd Lora.'

'A tydi Lora ddim yn gwbod popeth.'

Roedd y ddau ohonynt yn eistedd ar bwt o graig yng ngwaelod y cae. Rhoddodd Rhydian ei fraich o amgylch ysgwyddau Steffan.

'Cyn belled â mod i'n gallu cael gafael arnat ti pan dw i isio, Steff.'

'Mae hynny'n dod i ben, Rhydian.' Ond wnaeth Steffan ddim symud oddi wrth y fraich chwaith.

'Un waith eto.' A Steffan yn gwbod na allai wrthsefyll y wên, a Rhydian yn gwbod na allai Steffan wrthsefyll. 'Dim ond gyrru, Steffan. A falla mai hwn fydd y tro olaf. Hen bryd i minna gallio.'

Efa

Mae'r diwrnod yna, y diwrnod cyntaf i mi fynd i dŷ Steffan, i'w weld mor bell yn ôl erbyn hyn. Fel mae bron popeth CN – Cyn Now. Od sut y gall person mor fach gymhlethu petha gymaint, ac eto symleiddio petha gymaint. Mae'n siŵr fod pob babi'n gwneud hynny, ac nad oes posib dadwneud y cymhlethdod na'r symleiddio. Doeddwn i ddim cweit yn dallt hynna'r diwrnod hwnnw. Dw i'n cofio holi Steffan am ei rieni a derbyn ei esboniad nad oedd yna lawer o gyswllt rhyngddo a'i fam heb feddwl llawer am y peth. Hyd yn oed rŵan dw i ond wedi cyfarfod ei fam a'i chwaer unwaith.

'Be nest ti efo chdi dy hun ddoe?' holodd Lora amser panad ar ôl iddi hi adrodd stori hir ddoniol am ymweliad ag IKEA. Petai 'na rywun arall o'r cwmni o gwmpas mae'n siŵr y byswn i wedi dweud rhyw gelwydd, neu wedi troi'r stori, ond dim ond ni'n dwy oedd yna.

'Mi es i dŷ Steffan i gael cinio.'

'Ac?'

'Ac be?'

'O dwn i ddim, Efa. Aeth Meic efo chdi?'

'Naddo. Mi oedd Meic isio mynd i wylio'r ras ganŵs yn yr harbwr. Ond mi oeddwn i wedi trefnu i fynd i weld Steffan.'

'Roedd y ras ganŵs yn dda medda nhw, a'r ddwy dafarn wrth yr harbwr yn llawn joc. Mi es i lawr yno'n hwyrach. Criw da yn canu yn y Lion a rhyw griw bach o Saeson methu dallt be oedd yn digwydd.'

'Da chi ddim yn licio Steffan, nag 'dach, Lora?'

Casglodd ryw bapurach oedd ar y bwrdd yn un domen daclus cyn ateb.

'Mae o'n ddyn cymhleth, Efa.'

Arhosais iddi hi fynd yn ei blaen. Ond codi'r ddau fŵg gwag a nelu am y sinc wnaeth hi. Ac yna troi yn ôl i fy wynebu.

'Dw i'n trio meddwl be 'sa Carys isio, sti. A dw i ddim yn gwbod.'

Anaml dw i'n teimlo'n flin tuag at Lora, ac am ei fod o'n deimlad diarth wnes i ddim dweud dim byd. Dim ond codi a mynd yn ôl at fy ngwaith ymhen arall yr adeilad. Be ddiawl oedd o ots be oedd Mam isio? Ac mae'n rhaid mai dyma be oedd hi isio. Hi sgwennodd y llythyr yn enwi Steffan. Mi allwn i fod wedi mynd i 'medd heb ei gyfarfod. Fyddwn i ddim wedi mynd i chwilio am fy nhad. Dw i'n sicr o hynny, er mor od mae'r peth yn ymddangos rŵan.

Be 'sa Carys isio. Be 'sa Carys isio. Roedd y geiriau yna'n cnoi yn fy mhen trwy weddill y pnawn. Roedd hi wastad wedi bod yn anodd gwybod be oedd hi isio. Mwya tebyg am nad oedd hi'n gwybod ei hun be oedd hi isio. O edrych yn ôl dw i'n ama mai gweithredu ar sail yr hyn nad oedd hi isio oedd Mam. Osgoi pethau yn hytrach nag anelu tuag at bethau eraill. Ond does yna 'run plentyn yn gallu edrych yn wrthrychol fel'na ar ei riant. Dim ond rŵan a finna mor bell oddi wrthi hi dw i'n gallu gweld hynna. Neu dim ond rŵan a finna mor agos ati hi, oherwydd bod pob mam yn y byd yn rhan o ryw gylch cyfrin, dw i'n gallu gweld hynna. Doeddwn i ddim yn arfer athronyddu fel hyn chwaith.

Dw i ddim yn siŵr pwy sydd wedi fy ngwneud yn athronydd – Steffan efo'i feddwl craff a'i holl wybodaeth, neu Now oherwydd ei fod o wedi gwneud popeth yn bwysig a phopeth yn hollol ddibwys. Ond dw i ddim yn credu mod i'n athronyddu y pnawn hwnnw. Mi oeddwn i jest yn flin efo Lora. Blin nad oedd hi'n esbonio'n iawn pam nad oedd hi'n hoff o Steffan. Blin nad oedd hi'n fodlon sgwrsio efo fi amdano fo, ac am ei berthynas efo Mam.

'Y ci a gerddo,' meddwn wrtha fi'n hun, a chlywed llais Nain yn fy mhen. Codais oddi ar fy nghwrcwd yng nghanol tomen o ddefnyddiau ac anelu am swyddfa Lora. Ond bu rhaid i mi fynd yn ôl at fy nefnyddiau heb siarad efo hi. Roedd Rhydian Gwyn yn y swyddfa efo'i liniadur a'i Excel a'i gynllun busnes, a Lora ac yntau ochr yn ochr o flaen y ddesg ac yn canolbwyntio gymaint fel na welon nhw fi'n edrych i mewn trwy wydr y drws.

Ac erbyn i Rhydian Gwyn adael roedd y cythral y tu mewn i mi wedi fy ngadael innau ac mi oeddwn i'n eistedd yn llywaeth ar y llawr yn gwnïo *sequins* ar ddarn hir o ddefnydd gwyn. Darnau bach i ddal y golau ac i ymddangos yn fwy gwerthfawr nag y maen nhw. A darn o ddefnydd i droi actores o Rachub yn dywysoges o'r dwyrain. Mae joban fel gwnïo *sequins* yn tawelu person, waeth heb â bod yn flin wrth ei gwneud. Ac mae hi'n joban sy'n gadael i'r meddwl grwydro. Diolch i'r drefn, crwydro oddi wrth Lora a Steffan a Mam wnaeth fy meddwl. Wrthi'n meddwl am gyfnod mamolaeth oeddwn i, yn ystyried a fyddai posib mynd dramor am wythnos efo babi bach. Pa mor hen fyddai rhaid iddo fo fod i fynd i Roeg am wythnos? Pan deimlais law ar fy ysgwydd neidiais a chicio'r potyn *sequins* drosodd fel eu bod ar hyd y lle ym mhobman.

'Doeddwn i ddim yn bwriadu dy ddychryn,' meddai Steffan gan gwrcwd i lawr a dechrau codi'r darnau bach gloyw a'u rhoi yn ôl yn y potyn plastig.

'Be ti'n neud yma? Oes 'na rywbeth yn bod?'

'Na, dim. Siawns y gall tad alw i weld ei unig ferch yn ei gwaith os ydi o'n pasio.'

'Oeddat ti'n pasio, Steffan?' Doedd yr un ohonom wedi sylwi fod Lora wedi dod i mewn i'r stafell, neu'n hytrach ei bod hi'n sefyll yn y drws. Roedd ei llais a'i hwyneb yn hollol ddifynegiant.

'Ydach chi'ch dwy yn croesholi pob ymwelydd fel hyn? A sut wyt ti, Lora? Ti wedi newid dim.'

'Na chditha, Steffan.'

Cododd Steffan ar ei draed a 'ngadael i i orffen codi'r *sequins*.

'Mae'n braf dy weld ti, Lora. Dw i ddim yn un da am gadw cysylltiad, ond mae'n dda dy weld.'

''Sa ti wedi galw'n gynt 'sa ti wedi cael gweld rhywun arall. Roedd Rhydian Gwyn yma.'

'Di hwnnw dal yn fyw, yndi?'

Roedd fel bod yn blentyn eto, yn eistedd ar y llawr wrth eu traed ac yn gwrando. Roeddwn i'n dallt pob gair, ond ddim yn deall be oedd yn cael ei ddweud.

Steffan

Mi oeddwn i'n gwybod fod Rhydian Gwyn yn fyw wrth gwrs. Neu o leia mi oeddwn i wedi cymryd yn ganiataol y byswn i wedi clywed gan rywun petai o wedi marw. Ond doeddwn i ddim yn gwybod lle roedd o'n byw, na be oedd o'n ei wneud. A doeddwn i ddim am roi pleser i Lora trwy holi amdano. Mae'n od sut mae pobl yn llithro'n ôl i'w hen batrymau. Roedd yna densiwn rhwng Lora a finnau erbyn y diwedd. Roedd hi wastad wedi gweld ei hun fel y ffrind call oedd â chyfrifoldeb i warchod Carys oddi wrth ddynion roedd hi'n amau y byddan nhw'n cymryd mantais ohoni. Ac erbyn y diwedd mi oeddwn inna ar y rhestr honno, ar frig y rhestr honno mwyaf tebyg. Methu ei gwarchod hi wnaeth hi. A methu sylweddoli nad oeddwn i'n fawr o fygythiad.

'Ti am gynnig panad i mi, Lora?'

Ond Efa gododd ar ei thraed, gwasgu caead y potyn bychan oedd yn dal y pethau gloyw i'w le gyda chlic bach pendant er bod rhai ohonynt yn dal ar y llawr, a mynd i neud panad. Safodd Lora Stage Left a finna'n rhythu ar ein gilydd wrth ymyl tomen fawr o ddefnyddiau amryliw.

'Faint wyt ti'n wbod am sut dw i wedi dod i gysylltiad efo Efa?'

'Popeth am wn i.'

'Dw i'n cymryd nad chdi drosglwyddodd y llythyr 'na i Efa.'

'Nage, Steffan. Fyswn i heb wneud hynny. Roedd Efa'n iawn fel ag yr oedd hi.'

'Mae hi'n iawn rŵan hefyd, sti, Lora.'

Petrusais am eiliad. Dw i ddim yn dangos gwegil yn hawdd. Dyna un o'r pethau mae Sali'n cwyno amdanyn nhw.

'Falla'i bod hi,' atebodd Lora'n sychlyd. 'Mae ganddi gariad da, a ffrindiau da.'

Ac fe basiodd yr eiliad a wnes i ddim esbonio fy mod i bellach yn falch fod rhywun wedi cymryd y llythyr yna gan Carys a'i gadw'n saff am flynyddoedd cyn ei anfon at Efa.

Dwn i ddim pam es i draw i ganolfan y cwmni drama'r diwrnod hwnnw. Ac wrth gwrs, mi oedd Lora'n iawn. Nid digwydd pasio oeddwn i. Isio gweld Efa oeddwn i. Ddim isio sgwrsio efo hi, doedd gen i ddim byd arbennig i'w ddweud wrthi hi, na dim byd penodol i'w ofyn iddi. Dim ond isio'i gweld hi.

Wnes i ddim aros yn hir. Fe yfodd y tri ohonom baned, sgwrsio am ryw fân bethau, ac yna fe adewais a gyrru'n ôl adref.

Fe arhosodd Sali acw'r noson honno. Wrth i mi dynnu amdanaf disgynnodd rhywbeth bach gloyw ar lawr. Codais o a'i osod ar y bwrdd wrth erchwyn y gwely. Roedd o yno fel llygad fach yn fy ngwylio yn caru ac yna yn esgus cysgu. Dwn i ddim pa mor hir wnes i orwedd yna'n hel meddyliau. Roedd Sali'n gorwedd wrth fy ochr yn chwyrnu'n ysgafn, ei chefn ataf ond wedi closio ataf, croen ar groen, ond nid ei chwyrnu oedd yn fy nghadw'n effro. Er, mi wnes i awgrymu hynny yn y bore a chael dim byd ond gwên annwyl bell yn ymateb cyn iddi hi ddychwelyd i astudio rhyw ddogfennau roedd hi wedi dod â nhw efo hi. Codais i neud paned i mi fy hun.

'Be ti'n ddarllen?'

'Ymateb y grŵp ffocws i'r ddeddfwriaeth newydd.'

Ac mi oeddwn i'n amlwg i fod i wybod pa grŵp ffocws a pha ddeddfwriaeth.

'Ti isio panad?'

'Mm.'

Gollyngais ddau fag te i mewn i'r tebot. Dw i'n cofio rhythu allan trwy'r ffenest tra oedd y tegell yn berwi a gwylio Llwydrew yn hela neu'n esgus hela. Roedd hi ar goll yn ei byd bach ei hun, dim byd yn bodoli heblaw'r llygoden, neu'r rhith lygoden, yn y gwair. Gafaelais yn dynn yn ymyl y sinc wrth i mi deimlo brathiad o boen am eiliad. Diflannodd y boen mor sydyn ag y daeth a phan godais fy mhen roedd hi'n amlwg nad oedd Sali wedi sylwi ac roedd Llwydrew wedi colli diddordeb yn ei llygoden ac yn cerdded yn osgeiddig tuag at adwy'r ardd.

Tywalltais ddŵr i'r tebot. Arhosais. Tywalltais de i ddau fŵg. Roedd Llwydrew wedi diflannu ac roedd Sali'n dal i ddarllen. Gosodais ei mŵg hi ar y bwrdd wrth ei hymyl a mynd â fy nhe fy hun efo fi i fyny'r grisiau i'r swyddfa. Y mŵg glas oedd o, hwnnw gyda'r sgwarnogod gwynion yn llamu o'i amgylch.

Ar ôl rhyw hanner awr daeth Sali i fyny'r grisiau, fy nghusanu'n ysgafn ar fy nhalcen a ffarwelio. Yna daeth Llwydrew yn ôl i'r tŷ, dringo'r grisiau, edrych arnaf am eiliad a gosod ei hun ar ben y printar a mynd i gysgu. Pawb yn rhyw hanner cydnabod ei gilydd, ond neb yn ymateb i'w gilydd. Cyfforddus ar ryw olwg, dim emosiynau cryf, dim drama. Felly oeddan ni'n Rhyd y Gro i ddechra: fi a Lora a Carys a Rhydian Gwyn.

Yn y tŷ, yn y bocs lle dw i'n cadw manion diriaethol bywyd nad ydw i am eu taflu am ba bynnag reswm, mae gen i lun o Ryd y Gro. Annhebygol y byddai neb yn gallu rhentu tŷ fel Rhyd y Gro y dyddiau hyn. Lôn drol anwastad yn arwain ato, un stôf goed yn cynhesu'r holl le, ystafell ymolchi gyntefig a chrac ym mhob teilsan heblaw tair. Fe wnaethon ni eu cyfri un noson wrth orweddian yn y bath. Noson o haf oedd hi, fyddai neb wedi gogor-droi yno i gyfri teils yn y gaeaf.

Doeddwn i heb feddwl am Ryd y Gro ers blynyddoedd. Wedi ei roi, y da a'r drwg, mewn rhyw flwch ac anghofio lle roedd y blwch. Ond mi ddechreuais i feddwl am y lle y diwrnod hwnnw, cofio ambell i beth ar fy ngwaethaf. Lluniau llonydd oeddan nhw i ddechra. Y ddau ohonon ni yn y bath oedd y llun cyntaf. Mond ni'n dau yn y tŷ, neu fydda fo heb ddigwydd mae'n siŵr. Fi oedd wedi rhedeg bath. A fi 'ran hynny oedd wedi cynnau'r tân a chynhesu'r dŵr. Mi gymrodd awr a mwy i gynhesu finna'n eistedd yn noeth yn y gegin. Wedi bod yn eu helpu nhw i gneifio yn Tŷ'n Pant oeddwn i ac wedi diosg fy nillad i gyd a'u gadael yn swp seimllyd wrth y drws.

Mor braf oedd y dŵr cynnes a'r trochion. Rhyw botel o rwbath hogla da oedd yn eiddo i Lora wedi ei thywallt i mewn yn hael fel bod y trochion yn un cwmwl gwyn o fy amgylch. Roedd fy llygaid ar gau pan gerddodd Rhydian i mewn i'r stafell. Rhoddodd ei law yn y dŵr, gadael iddi hi suddo o'r golwg o dan y trochion a dechrau mwytho fy nhraed.

Roedd llun llonydd yn ddigon. Wnes i ddim gadael i'r ffilm redeg yn ei blaen fwy na hynna. Ond mi wnes i droi tudalen yn yr albwm i lun, snapshot Polaroid o atgof, llun o Carys a Lora'n dychwelyd gyda'r nos a Rhydian a finna wrth fwrdd y gegin yn byta caws ar dost ac yfad cwrw o ganiau ac LP y Moody Blues yn chwarae a Lora'n rhoi darn bach o ddôp ar y bwrdd.

'Presant i chi, hogia.'

Trodd y llun yn erbyn fy ewyllys yn bwt o ffilm. Fi'n rhoi fy llaw dros y lwmp bach brown a Rhydian yn rhoi ei law dros fy un i, eiliadau wedyn.

'Fi bia.'

A doedd dim posib i mi gael fy llaw yn rhydd am funud.

Efa

Ddyla fo ddim bod wedi neud i mi grio. Petha sy'n creu hapusrwydd ydi parseli bron yn ddieithriad. Ac yn sicr dyna ddylai hwn fod wedi bod. Papur brown, papur llwyd oedd Nain yn ei alw, a sgrifen mam Meic arno. Mae ganddi ysgrifen hawdd ei hadnabod.

Wedi ei gyfeirio ata i oedd o, a fi agorodd o ar fy mhen fy hun ar fwrdd y gegin. Siwmperi a hetiau bychan bach, ac un o'r pethau 'na i wrando ar fabi yn y llofft, a blanced felen a jiráff gwyrdd yn y gornel isaf yn edrych yn syn ar y byd. Ac roedd yna becyn bychan o bethau i mi – siocled, a chylchgrawn ac amlenni bach o siocled poeth o bob math a bagiau te ffrwythau a mŵg efo llun dynas feichiog a'r geiriau 'Five minutes while I can' wedi eu sgwennu arno.

A phan ddaeth Meic i mewn i'r gegin a gofyn pam oeddwn i'n crio, mi ddudis mod i'n crio am fod ei fam mor glên. Ond nid dyna pam oeddwn i'n crio go iawn. Crio oeddwn i am nad gan un un o fy rhieni i oedd y parsel, am nad fy mam i yrrodd o. A chrio fwy byth oherwydd na fyddai Carys na Steffan erioed wedi meddwl talu i'r Post Brenhinol ddanfon blanced felen a bagiau o de ffrwythau.

Mi ffoniais i fam Meic ar ôl i mi ddod ataf fi'n hun. A diolch iddi hi. A chwerthin am y mŵg. A deud bod y jiráff yn andros o ddel. Ac yna mi gymrodd Meic y ffôn ac mi glywn o'n deud fod y parsel wedi fy ngwneud yn reit emosiynol.

'Ia, mwya tebyg,' medda fo.

Ac mi oeddwn i'n gwbod bod ei fam yn deud rwbath am hormons.

Mi oedd petha ar gyfer y babi yn dechrau treiddio i mewn

i'r tŷ. Weithiau doeddwn i ddim yn siŵr a oeddwn i isio nhw yno. Mi groesodd fy meddwl, wrth i mi neud fy mhaned gyntaf yn y mŵg newydd, yr hoffwn i rewi amser, ac aros fel hyn am byth – babi ar y ffordd ond ddim yn cyrraedd. Wnes i ddim llwyddo i neud hynny wrth gwrs. Does yna neb wedi llwyddo i neud hynny erioed.

Rhoddodd Meic y ffôn i lawr a gafael yn y baned oeddwn i wedi ei gwneud iddo fo.

'Mam yn gofyn a oes gen ti restr iawn o betha ti angen ar gyfer y bychan.'

'Be ydi rhestr iawn, dŵad?'

'Beic pan fydd o'n bump? Tocyn tymor iddo fo a fi? Car bach rhad munud basith o ei brawf gyrru iddo gael mynd â'i dad am beint?' cynigiodd Meic dan chwerthin.

Mor rhwydd oedd o'n gweld ei hun a'r person 'ma doedd ddim hyd yn oed yn bod eto yn rhan o fywydau'i gilydd am byth. Codais a rhoi'r flanced jiráff a'r pethau eraill yn ôl yn eu bagiau a mynd â nhw fyny grisiau i'r llofft gefn. Doeddwn i ddim hyd yn oed wedi peintio'r llofft adeg honno na rhoi unrhyw ddodrefn babi ynddi hi, ond mi oedd gen i focs cardbord mawr lle roeddwn i'n taflu rhyw anrhegion cyn-pryd fel hyn. Roedd cymydog i ni eisoes wedi rhoi sling babi a bath bach plastig pan oedd hi'n clirio ei geriach ei hun. Gosodais anrhegion mam Meic ar ben y rhain.

Y nesa i gyfrannu at y bocs oedd Lora. Cwilt clytwaith bychan iawn, dim ond digon mawr i fynd ar fasged Moses. Mi gymerodd eiliad neu ddwy i mi sylweddoli fod yr holl ddarnau defnydd ynddo yn gyfarwydd – roedd pob un wedi ei ddefnyddio fel rhan o wisg neu'n rhywle ar y llwyfan yn un o'n cynyrchiadau ni. Mi gymerodd yn hirach i mi gofio lle roeddwn i wedi gweld un tebyg o'r blaen, yr un patrwm clytwaith igam-ogam cymhleth. Mae o'n batrwm efo sêr ynddo fo ond i chi edrych yn ofalus, ond mae hi'n hawdd peidio sylwi arnyn nhw a dim ond gweld y darnau igam-ogam. Cwilt felly oedd yng ngwely'r gath pan oeddwn i'n blentyn bach.

'Mi nes i un 'run patrwm yn union i chditha cyn ti gael dy eni,' meddai Lora wrth i mi ddiolch am yr anrheg. Wnes i ddim dweud wrthi mod i'n ei gofio yng ngwely'r gath. Dim ond gosod y cwilt clytwaith newydd, a'i holl atgofion, drws nesa i'r jiráff bach del nad oedd yn cofio dim.

Meic a ffrind iddo aeth i beintio'r llofft rhyw ddiwrnod a phrynu cwpwrdd bychan mewn siop elusen a pheintio hwnnw hefyd a gosod cynnwys y bocs yn dwt ar ei silffoedd. Mi nes innau wedyn ymuno yn y paratoi a gwneud llenni newydd. Ond pan ddaeth yr anrhegion cyntaf hynny, cael eu gollwng yn ddiseremoni i focs cardbord oedd eu tynged.

Yn nes at yr amser, ac yn fwy byth ar ôl yr enedigaeth, roedd Sali wrth gwrs yn arch-brynwr presanta. Wnaeth hi ddim gwneud dim byd i Now, dim byd wedi ei weu na'i wnïo, dim byd personol iawn. Ond dw i ddim yn credu iddi hi erioed gyrraedd acw'n waglaw. Ac mae angen y bobl sydd yn cyrraedd efo pecyn o gewynnau papur.

Ddalltith Now byth fod yr holl bobl yma wedi bod yn falch ei fod o ar y ffordd? Mae'n siŵr mai fy ngwaith i ydi gwneud yn siŵr ei fod o'n gwbod. A fy nyletswydd i hefyd fydd ei warchod rhag rhai darnau o'r stori. O leia dw i wedi cael hyfforddiant yn hynny. Dw i'n cofio Steffan yn dweud nad oedd ganddo broblem o gwbl efo'r gwir, ond nad oedd o'n gweld yr angen am y gwir yn unig a dim byd ond y gwir. Dw i'n meddwl mai'r pnawn Sul hwnnw ddudodd o hynna. Y pnawn Sul y galwodd o acw am y tro cyntaf erioed.

Wnaeth o ddim ffonio na dim, dim ond ymddangos. Cnoc bendant ar y drws a dyna lle roedd o, yn edrych ychydig yn fwy trwsiadus nag arfer efallai a thusw o flodau melyn yn ei law.

Aeth y ddau ohonom i eistedd yn y gegin a rhoddais y blodau mewn dŵr tra roedd y tegell yn berwi. Doedd o ddim isio dim byd, medda fo.

'Dim ond galw. Heb dy weld ers sbel.'

A dim ond wedyn, ar ôl iddo fo fynd, nes i feddwl ei fod wedi fy ngweld lai na phythefnos cynt pan alwodd a finna'n gwnïo'r *sequins.* A'i fod o, 'ran hynny, wedi gadael i ddegawdau fynd heibio heb fy ngweld. Ond ar y pryd doedd yr un ohonom fel 'sa ni'n gweld y gosodiad yn un od.

Agorais becyn newydd o fisgedi sinsir a'u gosod ar y bwrdd.

'Ydi dy gariad di yma?'

'Meic? Mi fydd o adra mewn rhyw hanner awr.'

A dyna pryd a sut y gwnaeth tad a thaid Now gyfarfod, ysgwyd llaw yn syndod o ffurfiol dros bacad o ginger nuts. Mi wnes i ail debotiad o de, ac fe sgwrsiodd y tri ohonom am hyn a'r llall hyd nes i mi gynnig i Steffan aros i gael bwyd.

'Na, mi a' i, diolch. Wela i di eto, Efa. A chditha, mae'n siŵr, Meic.'

Steffan

Mi es i draw i weld Efa. Anaml iawn yr af i dŷ unrhyw un heb i mi gael gwahoddiad, efallai am nad ydw i'n or-hoff o bobl yn galw i'm gweld i fel huddug i botas. Ond mi oeddwn i'n eitha agos, ac mi oedd gen i amser. Ac roedd y blodau melyn yn gwenu arna i o'u bwced yn y garej wrth i mi roi diesel yn y car. Ar y pryd doeddwn i ddim hyd yn oed yn siŵr a oeddwn i'n eu prynu ar gyfer Sali ynteu ar gyfer Efa. Mi ddylwn i fod wedi prynu dau dusw. Neu dri, neu bedwar. I mi gael un ar fy mwrdd cegin fy hun hefyd ac un ar fedd Carys. Ond doeddwn i ddim yn gwbod lle roedd bedd Carys.

Ond un tusw brynais i, a'i roi i Efa. Dw i'n meddwl mod i wedi plesio. Weithiau mae'n anodd deud efo merched.

A'r diwrnod hwnnw y gwnes i gyfarfod Meic. 'Diddrwg, didda' oedd fy ymateb greddfol. Ychydig yn llywaeth efallai. Mae'n siŵr mod i wedi'i holi be oedd ei waith, ond wnes i ddim deall yn iawn. Dw i dal ddim yn hollol siŵr. Rhywbeth i wneud efo trafnidiaeth efallai, yn swyddfa ranbarthol y Cynulliad. Y peth cyntaf wnaeth o wedi dod trwy'r drws oedd tynnu'i dei. Cyn cusanu Efa hyd yn oed. Ond mi wnaeth hynny cyn cymryd unrhyw sylw ohona i.

Mi ges i gynnig aros i gael bwyd efo nhw, ond gwrthod wnes i. Er, mi ffoniais Sali ar ôl cyrraedd adra, oherwydd am rýw reswm doedd gen i, erbyn hynny, ddim awydd bwyta ar fy mhen fy hun gyda neb ond Llwydrew yn gwmni. Cyfarfod mewn tafarn wnaeth Sali a finna ac mi archebais stêc a sglodion heb hyd yn oed edrych ar y fwydlen.

'Bwyd dyn!' meddai Sali dan chwerthin.

Roedd yna hwyliau da arni hi a rhyw ysfa i dynnu arna i drwy'r gyda'r nos a finna'n mwynhau hynny. Ac mi oeddan ni'n gorfforol gellweirus efo'n gilydd hefyd, fwy felly nag arfer. Ond adref ar fy mhen fy hun es i. Dw i'n cofio gorwedd yn fy ngwely a phwysau Llwydrew ar fy nghoesau. Ond pwysau ysgafn iawn oedd o ac roedd yna ryw wacter mawr o fy amgylch yn y gwely. Gwacter oedd yn fy rhwystro rhag cysgu, hynny neu mi oedd y mymryn poen yn fy rhwystro. Ildiais, codais, ymbalfalu mewn drôr ac yna llyncu dwy barasetamol. Ymhen rhyw hanner awr mi oedd y tabledi bach gwynion wedi cuddio'r boen, ond mi oedd hi'n hanner awr hir, a Rhyd y Gro yn trio crafangu ei ffordd yn ôl i fy meddwl. Bu bron i mi godi ac ychwanegu joch o wisgi at y parasetamols ond llwyddais i gadw'r lluniau'n ddigon pell trwy ddarllen.

Dim ond un clip bach o sain oedd yn mynnu treiddio trwy'r blinder a'r boen a'r gwacter a'r holl eiriau ar y dudalen.

'Difaru nei di.' A sŵn clep rhyw ddrws.

Ac yna distawrwydd.

Rhoddais lyfrnod rhwng y tudalennau i gadw fy lle, troi ar fy ochr a chysgu.

Yn y bore, diolch byth, roedd Rhyd y Gro a chlep y drws yn bell i ffwrdd. Ac fe gyrrhaeddodd Sali cyn i mi godi. Mi neith hynny weithiau. Clywais y drws yn agor a'i llais yn gweiddi 'Aros lle wyt ti'. Ac mi oeddwn i'n gwbod y byddai hi'n gwneud pot o goffi ac yn ymddangos yn y llofft efo hwnnw a dau fŵg ac yn llithro i mewn i'r gwely ataf ac y byddai Llwydrew yn gwgu wrth i ni garu a'i styrbio o'i nyth bach cyfforddus.

'Wythnos nesa,' dwedodd Sali wrth dollti mwy o goffi i'w mŵg, 'dw i'n dechra ym Manceinion. Ti'n cofio'n dwyt?'

Doeddwn i ddim. Roedd gen i ryw syniad yn fy mhen bod y swydd newydd yn dechrau cyn diwedd yr haf, ond doedd gen i ddim cof o Sali'n dweud dyddiad penodol.

'Meddwl oeddwn i 'sa hi'n braf mynd allan am bryd o fwyd nos Wener neu nos Sadwrn. Pryd o fwyd neis yn rhywle.'

'Wel,' atebais, 'mi oeddwn i wedi bwriadu mynd allan efo Efa, Efa a Meic mwya tebyg.'

Wn i ddim hyd heddiw pam wnes i ddeud hynna. Doedd y syniad heb groesi fy meddwl cyn yr eiliad honno.

'Be 'sa ni gyd yn mynd allan? Y pedwar ohonon ni. Mi hoffwn i gyfarfod Efa'n iawn.'

Mor hawdd mae sefyllfa yn llithro allan o reolaeth os nad ydi rhywun yn wyliadwrus, yn gwylio pob gair, yn meddwl o flaen llaw fel chwaraewr gwyddbwyll. Ac wedyn mae yna reolau sydd yn eich rhwystro rhag symud y darnau yn ôl ar y bwrdd i'w sgwâr gwreiddiol a dechrau eto. Hyd yn oed mewn sgwrs fer fel'na mae'r rheolau hynny'n bodoli.

'Mi ffonia i Efa nes 'mlaen heddiw. Adewa i ti wbod.'

Edrychais ar Llwydrew a oedd wedi cilio i'r sil ffenest, ond doedd gan honno yn amlwg ddim llawer o gydymdeimlad efo fi. Er, fe ddechreuodd fewian, cystal â deud mai'r unig beth y gallai hi ei wneud i fy helpu oedd esgus ei bod angen ei brecwast. Rŵan hyn! Codais a mynd i lawr y grisiau yn fy ngŵn wisgo i fwydo'r gath gan adael Sali yn y gwely.

'Enlli?' holais Llwydrew. Ac fe gydsyniodd honno fel mae hi'n gwneud bob tro. Fe fyddai Llwydrew yn dod efo fi i Enlli fory nesa petai'n bosib i'r ddau ohonom fynd yno. Ond mi oeddwn i'n gwybod hefyd nad oeddwn i am fynd i Enlli. Ac mai'r prif reswm nad oeddwn i am fynd i Enlli oedd na fyddai Efa yno.

Rhyd y Gro

'Maen nhw eu dau wedi mynd am beint.'

Ond yn amlwg doedd gan Carys ddim llawer o ddiddordeb lle roedd yr hogia wedi mynd. Prin y cododd ei phen o'i llyfr.

'Gobeithio nad wyt ti'n meddwl mod i'n busnesu, ond dw i wedi deud wrth Rhydian am y babi. Mae o am drio perswadio Steffan i dderbyn ei gyfrifoldebau.'

'Lora, ti'n swnio fatha rhywun o ryw nofel Fictoriaidd wael. Ddim cefnogaeth fel'na dw i isio gen ti.'

A dyna ddiwedd y sgwrs. Gwrthododd Carys drafod ymhellach, ac mi oedd y ddwy ohonynt wedi hen fynd i'w gwlâu pan gyrhaeddodd Rhydian a Steffan adref. Y bore trannoeth ar y radio roedd newyddion am dŷ haf arall wedi'i losgi. Ac yna erbyn yr ail fwletin roeddan nhw'n adrodd bod dyn o'r pentref agosaf at Ryd y Gro wedi'i arestio a bod yr heddlu yn chwilio am ddau arall. Ceisiodd Steffan ddal llygad Rhydian, ond methodd. Ond pan oedd y ddau ar eu pennau'u hunain gwenodd Rhydian arno a mwytho'i war.

'Dw i'n ama bod hi'n bryd i mi fynd i weld y byd, sti, Steff.'

'Lle ei di?'

'Falla 'sa well i mi beidio deud 'tha ti,' atebodd Rhydian mewn llais dihiryn mewn ffilm, a chwerthin wrth weld nad oedd Steffan yn siŵr a oedd o o ddifri neu beidio.

'Mae gen i gefnder yn Iwerddon.'

'Braf arnat ti.'

'Tyd efo fi.'

Efa

'Boi iawn' oedd barn Meic. Ond rhywbeth fel'na oeddwn i'n ei ddisgwyl, does 'na ddim llawer o ddynion yn y byd na fyddai Meic yn eu galw'n "fois iawn". Ond wedyn dyma fo'n fy synnu trwy ofyn 'Wyt ti wedi gofyn iddo fo pam ddoth o ddim i chwilio amdanat ti?'

Ac roedd rhaid i mi gyfadda nad oeddwn i wedi neud. Ar ôl gofyn un waith yn y dechrau roeddwn i wedi cymryd y byddai Steffan yn dweud wrtha i pan fyddai'n teimlo'n gyfforddus. Neu efallai nad oeddwn i isio gwbod. Ac eto roedd cwestiwn syml Meic yn fy nghnoi trwy'r diwrnod wedyn. Mae Pwy a Ble a Sut a Phryd yn hawdd, tydyn? Pam ydi'r un anodd bob tro.

Ar ôl i mi ddod adref o'r gwaith y diwrnod hwnnw, y peth cyntaf wnes i, cyn i Meic gyrraedd, oedd mynd i edrych eto ar y llythyr. Prin oeddwn i wedi edrych arno ers i mi ei dderbyn, neu a bod yn fanwl gywir, prin oeddwn i wedi ei ddarllen. Roedd y llythyr yn ei amlen yn saff yn fy nrôr sana, felly mi oeddwn i'n gweld cornel o'r amlen bob rhyw chydig ddyddia. Weithia mi fyddwn i'n gwthio'r sana i gefn y drôr ac yn darllen fy enw a fy nghyfeiriad. Beiro las, llawysgrifen eitha taclus nad oeddwn i'n ei hadnabod, ond dim mwy o gliwiau na hynny taswn i am fod yn Miss Marple. Ac yna mi fyddwn i'n gosod y sanau amryliw, rhai tenau a rhai tew, rhai yn dyllog ond yn annwyl i mi, yn ôl drosto fel nad oedd posib ei weld. Ond y pnawn hwnnw tynnais y llythyr allan o'r drôr ac eistedd ar y gwely. Dw i'n cofio nad eistedd ar erchwyn y gwely wnes i ond eistedd â fy nghefn yn erbyn y wal a phob gobennydd yn domen gyfforddus y tu ôl i mi.

Agorais yr amlen ac edrych ar y ddau ddarn papur oedd ynddi.

Darllenais y darn bach papur oedd wedi ei deipio i ddechrau.

Annwyl Efa,
Mi wnes i addo i dy fam y byddwn yn trosglwyddo'r llythyr
yma i ti pan fyddet ti'n 30 os na fyddai hi o gwmpas, ac
os gallwn i gael hyd i ti. Wel, mae hi wedi cymryd tipyn o
amser, ond dyma fo.
Pob dymuniad da i ti beth bynnag benderfyni di ei
wneud ar ôl darllen y llythyr.
Ffrind i Carys.

A dyna'r cwbl. Papur cyffredin, ffont gyffredin, diferyn bach o goffi neu rywbeth tebyg wedi ei golli ar un gornel. Gosodais y nodyn yn ofalus ar ben yr amlen wrth fy ochr ac agor y llythyr ei hun. Dim ond un ddalen oedd o, ond roedd honno wedi ei phlygu i ffitio i'r amlen. A doedd y llythyr ddim ar wahân mewn amlen ei hun. Doeddwn i heb feddwl am y peth pan wnes i ei dderbyn. Roedd hynny'n golygu bod pwy bynnag yrrodd o ata i yn gwbod am ei gynnwys, nid dim ond postmon mohono. Ers faint oeddan nhw'n gwbod, tybad?

Mi oeddwn i'n adnabod y sgwennu ar y llythyr wrth gwrs – sgwennu Mam. Rhythais arno'n hir cyn dechrau darllen. Aeth syniad gwirion trwy fy meddwl fy mod i'n disgwyl i'r llythrennau a'r geiriau a'r brawddegau ddechrau symud, neu ddechrau diflannu; unrhyw beth heblaw aros yno'n llonydd. Dim ond eiliad mae rhyw syniad hurt fel'na yn para wrth gwrs, ond dw i'n ei gofio'n glir.

Annwyl Efa,

Gobeithio bod bywyd yn dy drin yn dda.

Mi holaist ambell waith pwy oedd dy dad. Dwn i ddim ydi'r peth yn bwysig i ti rŵan. Ond rhag ofn dy fod am wybod – ei enw yw Steffan J. Owen. Mi ddylai fod yn eitha rhwydd i gael gafael arno petaet ti am wneud. Sgwennwr ydi o erbyn hyn. Sgwennwr oedd o erioed 'ran hynny.Mi oeddwn i wedi gaddo iddo fo, Efa, na fyswn i, tra byddwn i fyw, yn dweud wrthat ti pwy oedd dy dad. A dw i wedi cadw at fy addewid, yn do? Dw i'n meddwl y gwneith o werthfawrogi mod i wedi bod mor glefar efo geiria. Er, dwn i'm chwaith …

Cofia fi ato fo beth bynnag os penderfyni di gysylltu. Dy ddewis di yw hynny wrth gwrs, fy merch hardd.

Cariad, mwy o gariad nag wyt ti'n ei sylweddoli mwyaf tebyg,

Mam xx

Mi ddarllenais y llythyr dair gwaith cyn ei blygu a'i osod yn ôl yn yr amlen efo'r nodyn, a gosod y cyfan yn ôl yn saff o dan y sana. A doeddwn i ddim callach. Es yn ôl i lawr grisiau a dechrau paratoi swper. Fe ddylai torri llysiau a throi rhywbeth yn araf mewn padell fel nad ydi o'n cipio, ond yn hytrach yn meddalu yn y gwres, gael ei gynnig fel therapi gan y Gwasanaeth Iechyd. A golchi llestri gorfodol am awr os ydach chi mewn stad feddyliol ddrwg iawn. Ddylwn i ddim gwamalu. Er, pan oedd petha'n eitha mi fyddai Mam hefyd wedi chwerthin am ben fy lol.

Cerddodd Meic i mewn a'r tei yn cael ei ffling arferol ar y silff ffenest. Gwnaeth ddrama o arogli, 'fatha Bisto Kid' oedd Nain yn ei ddeud.

'Sut oeddat ti'n gwbod mod i'n llwgu?'

'Am fy mod i'n llwgu hefyd,' atebais gan gario'r bwyd i'r bwrdd. Llawer gormod ohono. Bara garlleg dianghenraid, a salad a llysiau a dysgl o olewydd, yn ogystal â'r cig oen yn saim a rhosmari. Mi oeddwn i'n dioddef o ddŵr poeth wedyn wrth gwrs, ond mi oedd o werth o i gael y pleser o deimlo mor gyfforddus lawn, pob gwacter yn fy nghorff wedi ei lenwi dros dro.

Fi oedd yn golchi llestri a Meic yn sychu ac yn cadw, ac roedd popeth yn iawn yn y byd, a'r llythyr yn cael ei fygu gan sanau unwaith eto.

Ond mi oeddwn i'n effro rywbryd yn y nos yn gwrando ar y dylluan yn galw y tu allan i'r ffenest. Galw ar bwy neu be oedd hi, tybed? Falla nad oedd hi'n gwybod pam ei bod yn sgrechian yn y tywyllwch. Sylweddolais fod Meic hefyd yn effro.

'Ydi hi'n gwbod pam ei bod hi'n gweiddi, dŵad?'

A chyn i Meic gael cyfle i ateb dechreuodd tylluan arall alw'n ôl o rywle ymhellach i ffwrdd.

'Dyna pam, Efa.'

Rhoddodd ei ben ar fy ysgwydd ac ymhen dim roedd o'n cysgu eto, a finna isio deud nad oedd gynnon ni unrhyw syniad be oedd y ddwy dylluan yn ei ddweud wrth ei gilydd.

Steffan

Doedd waeth i mi wneud be oedd Sali isio ddim. Weithiau mae hynny'n haws. Gyrrais neges destun at Efa. A daeth ateb yn syth bron.

'Ia, grêt. Ffonia i heno. x'

Ond wnaeth hi ddim ffonio. Neu o leia wnaeth hi ddim ffonio tan y bore trannoeth.

'Sori, Steffan. Mi alwodd ffrindia a ches i ddim cyfle i ffonio neithiwr.'

A finna'n deud nad oedd o bwys, siŵr. A doedd o ddim o bwys a hithau wedi ffonio. Ac fe drefnwyd i gyfarfod ar y nos Wener mewn tafarn lle y gallem eistedd allan os oedd hi'n noson braf. Ac mi oedd hi'n braf y nos Wener honno, gyda'r nos fwyn ar ôl diwrnod eithriadol o boeth, a'r gwenoliaid yn hedfan yn ôl ac ymlaen o'u nythod o dan fondo'r dafarn. A ninnau'n ddau gwpl gwâr yn sgwrsio'n wâr am bethau o bwys nad ydyn nhw o bwys go iawn. Ond dyna fo, chydig iawn o bethau sydd o bwys yn y bôn, a waeth ein bod ni wedi trafod perlysiau a Bruce Springsteen a'r Boston Tea Party na dim byd arall am wn i. Wrth i'r gwin lifo daeth Sali a Meic yn bennaf ffrindiau, hyd y gwelwn i ar sail y ffaith eu bod yn cyd-weld fod basil piws yn well na basil cyffredin. Codais i fynd at y bar unwaith eto, a daeth Efa efo fi i gario'r diodydd. Roedd hi'n brysur iawn yno, ymwelwyr a phobl leol yn rhes fel gwartheg mewn beudy, rhai yn amyneddgar, eraill yn disgwyl i rywun weini arnynt yn syth a ddim yn cuddio'r ffaith. Gwenodd Efa a finna ar ein gilydd wrth bwyso ar y bar yn aros i un o'r genod ifanc prysur ddod atom.

''Da ni'n lwcus iawn o'r ddau ohonyn nhw'n tydan?'
meddai Efa.

'Ydan,' atebais. A wnaeth yr un ohonom ymhelaethu
mwy. Ac ar yr eiliad yna, fel petai rhyw gyfarwyddwr
diddychymyg wedi trefnu'r peth, chwaraewyd 'I am a Rock'
Simon and Garfunkel yn y dafarn. Ond dwn i ddim a
sylwodd Efa. Dewis od ganol haf a'r geiriau'n dechra trwy
sôn am y gaeaf. Arhosais am fy narn i o'r gân, lle mae sôn am
y llyfrau a'r cerddi sy'n ei warchod, ac erbyn i ni gyrraedd
'yr ynys nad yw byth yn crio' roedd gen i ddau beint oer, un
ym mhob llaw, ac roedd Efa yn cerdded o fy mlaen tuag at y
drws yn cario sudd oren a gwin gwyn mawr.

Ac yna mi oeddwn i'n ôl wrth y bwrdd yng ngardd y
dafarn a'r atgof o'r dagrau ymhell, a'r unig beth oedd yn
fy mhoeni oedd y gwybed mân. Ond doeddan nhw ddim
fel petaen nhw'n poeni neb arall, felly dal i eistedd yno
wnaethon ni am hir. Roedd yna ryw gofleidio mawr wrth
i ni ffarwelio â'n gilydd. Sali a Meic wnaeth gyntaf wrth
gwrs, ac er mod i wastad yn rhoi cusan ysgafn i Efa ar ei
boch doeddwn i erioed wedi ei chofleidio ac roedd y ddau
ohonom yn stiff a thrwsgl, fel actorion mewn drama wael.

Mi siaradodd Sali'n ddi-baid yr holl ffordd adref. A does
gen i ddim syniad be ddudodd hi. Nid nad ydw i'n cofio
rŵan, doeddwn i ddim yn cofio'r noson honno. Gollyngais
hi wrth ei thŷ hi gan honni mod i wedi blino'n lân. Ond es i
ddim adref.

Er pan dw i'n cofio dw i wedi mwynhau cerdded yn y
tywyllwch. A gora'n byd os ydw i'n cerdded ar fy mhen
fy hun yn y tywyllwch. Dw i ddim yn siŵr be ydi'r apêl.
Yr esboniad gora y medra i ei roi ydi bod y cyfyngu ar y
gweld a'r orfodaeth i ganolbwyntio ar y synhwyrau eraill yn

ymdebygu i fyfyrdod, yn ffordd o nesáu at y canol llonydd distaw. Hyd yn oed neithiwr fe es allan ar ôl iddi hi dywyllu, dim ond i eistedd ar gadair wrth y drws ac fe ddaeth rhyw fendith o hynny. Ond y noson honno mi gerddais am filltiroedd ar hyd glan yr afon. Doeddwn i heb ddod i unrhyw benderfyniad erbyn i mi ddychwelyd i'r car, ond mi oeddwn i'n dawelach fy myd.

Tynnais fy esgidiau mwdlyd cyn mynd i mewn i'r tŷ ac yna mynd yn syth i'r gwely heb lanhau fy nannedd nac ymolchi na dim. Ac er i mi gysgu'r ochr wahanol i'r gwely i'r arfer gan fod Llwydrew eisoes wedi setlo ei hun ar yr ochr arall, mi gysgais fel babi blwydd tan y bore. Dywediad od ydi o'n te? Hyd y gwn i tydi babanod blwydd ddim yn cysgu'n dda iawn. Ond efallai eu bod nhw'n cysgu'n well na hen ddynion.

Ta waeth, erbyn y bore roedd y cwmwl du o atgofion wedi mynd ac mi oeddwn i'n ôl wrth fy nesg, fy llyfrau o fy amgylch ac erthygl i'w gorffen erbyn diwedd y diwrnod. Ac mi weithiais yn ddygn trwy'r bore, y sgwennu'n llifo'n rhwydd a'r ffôn yn ddistaw. Tuag un o'r gloch mi es i lawr y grisiau, gwneud brechdan sydyn, caws a thomato, a'i chario i fyny'r grisiau at fy nesg. Weithiau pan mae rhywbeth yn mynd yn dda mae'n well gen i ddal ati yn hytrach na stopio a thorri'r hud. Ebostiwyd yr erthygl fel ei bod yn cyrraedd desg yng Nghaeredin cyn pump a phenderfynais fy mod yn haeddu gwydraid o win.

'Cip sydyn ar e-byst a dyna ni am heddiw,' hysbysais Llwydrew oedd yn hanner cysgu ar un o'i chlustogau.

Dim ond tri e-bost oedd yna – dau gan fy nghwmni ffôn ac un arall. E-bost gan Rhydian Gwyn. E-bost heb bennawd. Oedais am eiliad neu ddwy ac yna diffodd y cyfrifiadur heb agor yr e-bost.

Efa

Un o'r petha a'm denodd at Meic oedd ei fod yn glên yn ei gwrw. Efo pawb. Doedd 'na ddim ochr gudd ohono'n ymddangos, y cwbl oedd yn digwydd oedd ei fod o'n mynd yn fwy o Meic. Ac felly oedd o'r noson od honno pan aeth y ddau ohonon ni allan am bryd o fwyd efo Steffan a Sali.

Doedd Steffan ddim yn swnio'n frwdfrydig iawn pan nes i sgwrsio efo fo ar y ffôn ond mi oedd hi'n noson iawn. Wnaeth neb ofyn cwestiynau tebyg i: 'Sut beth ydi cyfarfod dy dad ar ôl yr holl flynyddoedd, Efa?'; 'Wyt ti'n hapus dy fod bellach mewn cyswllt efo dy ferch, Steffan?' Dw i'n cofio ein bod ni wedi sgwrsio llawer am berlysiau, ond dwn i ddim be arall.

Ac fe wnaeth Steffan fy nghofleidio ar ddiwedd y noson. A doedd hynny ddim yn iawn rhywsut. Tydan ni ddim yn cofleidio hyd yn oed rŵan. Cusan ysgafn, llaw ar ysgwydd, weithiau fe symudith gudyn o fy ngwallt o fy wyneb.

Ar ôl i ni gyrraedd adref roedd Meic isio gwrando ar gerddoriaeth a dawnsio yn y gegin. Ac mi wnes i ddawnsio efo fo am chydig, am fod hynny'n haws na sgwrsio. Ac yna i'n gwely. A'r unig beth ddudodd o cyn dechrau chwyrnu, wrtho fo'i hun fwy nag wrtha i, oedd 'Dw i'n licio Sali.'

Roedd y creadur yn dioddef drannoeth, ond roedd rhaid iddo fo, a finna, fynd i'r gwaith, ac fe lyncodd barasetamol a gwydraid o sudd oren cyn mynd trwy'r drws a fy ngadael i'n byta fy nhost ac yfed fy nghoffi. Ac yna mi rois inna glep ar y drws a gadael y tŷ'n wag tan ddiwedd y pnawn.

Fi oedd y cyntaf i gyrraedd y gwaith. Ac yna ryw griw

o actorion ifanc oedd wedi cael chydig o waith mewn sioe gymunedol oedd ar y gweill. Ac yna, yn hwyr iddi hi, Lora. A Rhydian Gwyn wrth ei chwt.

'Sut wyt ti, Efa fach?'

Ond doedd o ddim yn disgwyl ateb a deud y gwir, ac fe ddiflannodd i mewn i swyddfa Lora. Ond fuodd o ddim yno'n hir. Ymhen dim mi oedd o'n fy mhasio eto, ei sgidiau'n sgleinio a goriadau ei gar yn ysgwyd yn ei law. Cododd ei law arna i gan ddal ati i gerdded.

'Gawn ni sgwrs rhywbryd, Efa.'

A doeddwn i ddim yn gwbod yn iawn a oeddwn i isio cael sgwrs efo fo.

Byta'n cinio allan yn yr haul wnaethon ni'r diwrnod hwnnw, Lora a finna'n eistedd ar y wal isel ger y drws yn gwylio ambell i gar yn pasio ar y ffordd oddi tanom. Mae'r rhan fwya o geir yn edrych yn debyg iawn, ond yna mi basiodd hen MG coch – swnllyd, anamgylcheddol, mae'n siŵr, ac yn llawn cymeriad.

'Hwnna plis!' meddwn, ac fe chwarddodd Lora.

'Roedd gan Rhydian un o'r rheina pan oeddan ni'n byw yn Rhyd y Gro.'

'Be? Oeddach chi a Rhydian Gwyn yn byw efo'ch gilydd?' Does wbod be ddudith Lora nesa.

'Ddim byw efo'n gilydd fel'na. Rhannu tŷ oeddan ni, flynyddoedd yn ôl. Roedd 'na bedwar ohonon ni yno – fi, a Rhydian, a dy fam, a Steffan.'

'Ac roedd gan Rhydian Gwyn MG coch?' Fel 'sa hwnnw'r peth pwysicaf i'w ofyn. Ond roedd hi'n hollol amhosib dewis un o'r cwestiynau eraill, y cwestiynau pwysig oedd yn dorf anystywallt yn fy mhen. Roedd hi gymaint haws cyfyngu'r sgwrs i geir.

'Mae o wastad wedi bod yn hoff o'i geir. Ti 'di sylwi ar y car sy ganddo fo rŵan?'

Doeddwn i ddim, dim ond wedi sylwi arno'n chwarae efo goriadau'r car. Ond erbyn hyn roedd y dorf o gwestiynau yn mynnu bod un ohonynt yn cael sylw.

'Felly mi oeddach chi'n gwbod pwy oedd fy nhad? Yn gwbod erioed? Cyn 'mi gyfarfod o? Cyn i chi weld y llythyr 'na?'

'Nid fy lle i oedd deud, Efa. A wnest ti ddim holi chwaith.'

Caeodd gaead ei bocs bwyd plastig gan adael brechdan ar ei hanner ynddo fo. A chyn i mi gael cyfle i holi mwy cododd oddi ar y wal, sychu'r llwch oddi ar din ei jîns a cherdded oddi wrtha i. Rhedais ar ei hôl.

'Lora, dw i angen gwbod mwy.'

Am eiliad roedd hi'n amlwg nad oedd Lora'n gwbod be i'w neud. Cymerodd anadl ddofn.

'Ddim rŵan, Efa. Fedra i ddim deud petha wrthat ti bellach. Mae'n rhaid i ti holi Steffan rŵan.'

Trois oddi wrthi a mynd i nôl fy siwmper a fy mocs bwyd inna oddi ar y wal. Caeais y bocs a gwisgo'r siwmper ac erbyn i mi ddod yn ôl i mewn roedd Lora yn ei swyddfa ac ar y ffôn.

Mi wnes i drio ailadrodd y sgwrs wrth Meic wrth fyta swper. Roeddwn i isio iddo yntau fod yn flin efo Lora, ond doedd o ddim wrth gwrs.

'Lora druan. Mae hi mewn lle anodd, sti.'

'Ond … Ond …'

'Falla dylet ti holi mwy ar Steffan.'

Wnes i ddim ateb.

'Efa, os ti isio gwbod mwy … Dw i ddim yn deud fod

rhaid ti wbod mwy cofia … Ond os ti am wbod mwy, Steffan ydi'r unig un all ddeud wrthat ti.'

'Ti mor blydi call a rhesymegol!'

'Ydw. 'Sa well gen ti taswn i'n wirion ac yn afresymegol?'

Ac yna cododd a gafael amdanaf yn dynn am funud cyn mynd yn ôl i'w gadair ac ailddechrau byta.

'O ia,' meddai ar ôl chydig, 'mae Mam a Dad yn gofyn 'sa ni'n licio mynd draw i gael cinio dydd Sul yma. Mae Dylan, 'y nghefndar sy'n byw yng Nghasnewydd, draw, efo'i wraig a dau o'r plant, dw i'n meddwl, ac roedd Mam yn …'

'Mi fyswn i wrth fy modd.'

Steffan

Y bore trannoeth mi wnes i ddileu'r e-bost heb ei ddarllen. Mi wnes i hynny'r peth cyntaf yn y bore, ac yna mynd i gael cawod a gwisgo dillad glân. A llwyddo i anghofio amdano fo trwy'r dydd, fel yr oeddwn i wedi llwyddo i anghofio pethau eraill am ddegawdau.

Ond pan es i edrych ar fy e-byst ddiwedd pnawn roedd yna neges arall ganddo fo. Roedd yna bennawd i hwn – Ama 'Sa Ti Wedi Dileu'r Cyntaf.

'Bastad!'

Bastad, bastad anllythrennog fuest ti erioed. I be mae angen priflythrennau ar ddechra pob gair? Does yna ddim eu hangen ydi'r ateb. Bu ond y dim i mi ddileu hwn hefyd. Dwn i ddim be rhwystrodd fi, neu be wnaeth i mi ei agor. Mi gymerodd ddigon o amser i mi benderfynu. Roedd yna gryn ddwsin o e-byst eraill ac fe ddeliais efo pob un o'r rheini i ddechrau gan adael i Rhydian Gwyn aros. Aros ei dro am nad oedd o'n bwysig, am fod yna bobl a phethau eraill oedd yn bwysicach na fo erbyn hyn. Ac yna, ar ôl ateb pawb arall, doedd gen i ddim dewis. Wel, oedd, mi oedd gen i ddewis tan y munud olaf – agor neu ddileu. Ond agor wnes i.

Wel, mae'r ddau ohonom yn dal yn fyw, Steffan. Ac mae petha wedi newid, tydyn? Dw i'n meddwl 'sa'n syniad da i ni'n dau gael sgwrs. Sgwrs wyneb yn wyneb.

Awgryma di le ac amser sy'n gyfleus.

Rhydian Gwyn

Dw i ddim yn meddwl mod i erioed wedi cyfarfod dyn oedd yn gallu bwlio mor gwrtais â Rhydian. A doeddwn i ddim hyd yn oed yn gwybod be oedd o'n ei fygwth na be oedd o'i isio. Ond wnes i erioed wybod hynny'n iawn. Roedd Carys yn ei ddeall.

'Tydi Rhydian ddim isio dim byd, sti. Isio gallu cael mae Rhydian.'

Ond doedd hi ddim fel petai'n ei gasáu oherwydd hynny. Derbyn pawb fel ag yr oeddan nhw. Dyna oedd ein credo ni i gyd adeg honno. Mi ddyla'n bod ni wedi ei 'sgythru uwchben drws Rhyd y Gro. Ond wedyn fe fyddai'n rhaid i ni fod wedi ei ddileu, plastro drosto fo a'i chwipio efo cerrig mân, pan wnaethon ni sylweddoli fod yna ben draw i'r gredo honno. Ac wedyn fe fyddai Rhydian wedi sefyll ar ben stôl a gosod arwyddair newydd: 'Pawb drosto'i hun, a Duw dros bawb.'

A phob un ohonom efo duw gwahanol yn ein gwarchod. Wnaeth fy un i ddim joban dda iawn ohoni adeg honno.

Rhydian.

Gallwn dy gyfarfod ym maes parcio Llyn Ceudod am 10 fore dydd Llun.

Steffan.

Oedais am funudau cyn gwasgu'r llygoden fach i yrru'r neges. Ac yna difaru. Nid difaru fy mod i wedi cyd-weld i'w gyfarfod ond difaru i mi ddewis fanno. Mi fyddai caffi prysur wedi bod yn well. Rhywle lle na fyddai'r coffi ddigon da i gael ail banad, a lle y bydda nhw'n gwgu arnon ni petaen ni'n gogor-droi'n rhy hir â chwpanau gweigion o'n blaenau. Ond doedd gen i ddim mynadd gyrru ail e-bost. Mi fyddai mainc ar lan llyn yn gneud y tro yn iawn.

Daeth ateb bron yn syth.

Edrach ymlaen.

Ac er i mi drio peidio meddwl am y peth, ambell waith yn ystod y dydd, ac yn ystod y dyddiau wedyn, yr holl ddyddiau cyn y dydd Llun, mi oeddwn i'n meddwl tybed a oedd Rhydian yn edrych ymlaen at fy ngweld. Roedd hynny'n well nag ystyried a oedd tamad bach, bach ohona i'n edrych ymlaen at weld Rhydian Gwyn.

Ac mi oedd gen i hiraeth am Sali. Roedd hi wedi dweud o'r dechra na fyddai hi adref y penwythnos cyntaf, bod angen iddi roi trefn ar betha ym Manceinion. Ond rŵan fe fyddai wedi bod mor braf cael ei chorff benywaidd a'i meddwl call, di-lol nad oedd yn gwbod popeth wrth fy ochr. Wnes i ddim deud hynny wrthi wrth gwrs. Pan ffoniodd hi mi oeddwn i'n siriol ac yn gofyn y cwestiynau iawn am y swydd ac yn adrodd rhyw stori ddoniol o'r papur lleol. A phan ffoniodd Efa mi oeddwn i'n glên ac yn gofyn y cwestiynau iawn am ei gwaith hithau ac yn adrodd y stori ddoniol o'r papur lleol.

Ac yna mi yfais wisgi a syrthio i gysgu yn y gadair a deffro am un o'r gloch y bore efo Llwydrew ar fy nglin a chric yn fy ngwddw. Ac yn hwyr y bore trannoeth mi ddeffrais yn fy ngwely efo blas drwg yn fy ngheg a'r sicrwydd bod yna rywbeth o'i le, cyn i mi gofio bod yna rywbeth o'i le a chodi a llnau fy nannedd. Mae yna bosib datrys rhai pethau. Rhoddais y brws dannedd i gadw a llenwi fy ngheg â'r hylif pinc a'i wthio'n galed trwy'r bwlch sy'n dal i fod rhwng fy nau ddant blaen, drosodd a throsodd, cyn ei boeri i'r sinc.

Roedd y bwlch yna'n fawr iawn pan oeddwn i'n ifanc. Roeddwn i'n ei gasáu pan oeddwn i'n ddeuddeg. Erbyn mod i'n bymtheg mi oeddwn i'n gweld fod mantais i rywbeth oedd yn gwneud i ferched edrych ar fy ngheg. Mi fedra i gofio ewinedd pinc yn llithro i lawr y bwlch ac yna ar hyd fy ngwefus a ninnau'n cysgodi rhag y glaw o dan y bondo yng nghefn y neuadd. Ar y pryd roedd o'r peth mwyaf rhywiol oedd wedi digwydd i mi. Dw i ddim yn cofio'i henw hi. Roedd hi flwyddyn yn hŷn na fi, ac roedd ganddi chwaer ddel, ond dw i ddim yn cofio enw honno chwaith.

Yfed fy nhrydedd baned o goffi oeddwn i pan ffoniodd Efa.

'Dim ond meddwl 'swn i'n neud siŵr dy fod ti'n iawn, gan fod Sali i ffwrdd, a doeddat ti ddim ...' Petrusodd am eiliad.

'Doeddwn i ddim be, Efa?'

'Ddim yn swnio cweit fatha chdi dy hun.' Ac yna ychwanegu'n sydyn, 'Falla mod i'n rong.'

Ac ar ôl i mi ddeud mod i'n hollol iawn, ac yna sgwrsio chydig am ddim byd o bwys, mi rois y ffôn i lawr a thaflu'r banad oedd bellach wedi oeri i lawr y sinc.

Rhyd y Gro

Wnaeth Rhydian ddim gwneud sioe fawr o ffarwelio efo pawb. Dim swper olaf a gwin a chwerthin. Ond mi wnaeth o, ar y bore diwethaf hwnnw, ffarwelio â phawb yn unigol.

'Pryd ti am adal?' holodd Lora, ac yntau'n dweud nad oedd o'n hollol siŵr pryd. 'Rhywbryd cyn diwedd y mis, mae'n siŵr.' Ac achubodd y blaen arni drwy roi amlen, yn amlwg drwchus gydag arian sych, yn ei llaw.

'Dyna ti'r rhent tan ddiwedd mis nesa. Mae hynna'n rhoi digon o amser i chi gael hyd i rywun arall.'

Ac yna natur famol Lora'n mynd yn drech na hi.

'Ti'n iawn, wyt, Rhyds?'

'Yndw, tad. Ni ydi'r ddau gall, Lora. Poena am y ddau arall 'na.'

Ac fe ddwedodd Lora ei bod hi'n poeni amdanyn nhw. 'Ac am ryw reswm gwirion dw i'n poeni mwy am Steffan na dw i am Carys.'

'Un gusan? I ti gael cofio be ti'n wrthod, 'de, Steff.'

Ac er ei fod yn gwbod yn iawn bod y genod i lawr yn y pentref, dros filltir i ffwrdd, edrychodd Steffan yn llechwraidd o'i amgylch cyn ei gusanu. A'i fwytho a'i lyfu.

'Ac os newidi di dy feddwl ...' Rhoddodd Rhydian ddarn o bapur yn ei law â chyfeiriad yn Galway arno.

Fe roddodd y cyfeiriad i Carys hefyd.

'I ti gael sgwennu i ddeud be gest ti a ballu. Os na fydda i yno mae'n siŵr y bydda nhw'n gwbod lle ydw i.'

'Falla down ni draw i dy weld ti.'

'Road trip Rhyd y Gro.'

'Fi a'r babi oeddwn i'n feddwl.'

"Sa hynny'n braf.'

Ac fe gofleidiodd y ddau a thyngu y bysa nhw'n cadw cysylltiad.

'Ond ti ddim yn mynd yr eiliad 'ma, nag wyt?'

Ysgydwodd Rhydian ei ben.

'Wela i di amser swpar 'ta,' ac fe drodd Carys yn ôl at ei garddio.

Ond doedd o ddim yno amser swper. Ryw awr cyn hynny, heb i neb sylwi, roedd Rhydian wedi cario pedwar bag allan o'r tŷ i'w gar bach coch a gyrru i lawr y ffordd gul, droellog a chyrraedd Caergybi mewn pryd i ddal y cwch.

Efa

Pan oeddan ni ychydig filltiroedd o dŷ ei rieni y dudodd Meic wrtha i.

'Gyda llaw,' medda fo, 'dw i heb ddeud wrth Mam a Dad am Steffan.'

Ac nid deud wrtha i nad oedd wedi sôn oedd o wrth gwrs, ond gofyn i mi beidio â sôn.

'Pam?'

Ond mi oeddwn i'n gwbod pam. Fyddan nhw ddim yn gallu deall dyn oedd wedi anwybyddu'i ferch am ddeng mlynedd ar hugain a doedd Meic ddim am gymhlethu eu byd. A dyna ddudodd o fwy neu lai. Ac fe allwn i deimlo fy ngwrychyn yn codi.

'Felly rwbath i'w guddio o'r ffordd ydi Steffan?'

'Nid am byth, siŵr. Ond diwrnod o weld fy nghefndar a'i deulu ydi heddiw.' Gwgais ond roedd Meic yn edrych ar y ffordd o'i flaen. 'Ti'n gwbod sut mae Mam. Mi fysa ganddi hi gant a mil o gwestiynau. A does gen ti ddim atebion iddyn nhw, nag oes?'

Ac mi oedd o'n iawn, fel roedd o'n iawn bob tro. Mi oedd yna gant a mil o gwestiynau a doedd gen i ddim atebion. Gadewais fy mywyd opera sebon a'i holl benodau coll yn y car. Ei wthio i rywle o dan y sêt a chamu allan yn wên i gyd gan fod yn ofalus nad oeddwn i'n sgriffio Volvo llwyd newydd cefnder Meic. Ac fe ges i ddiwrnod braf yn byta cinio dydd Sul go iawn, golchi llestri, mynd am dro, pawb ohonom, ar hyd y llwybr gwastad ar lan y gamlas, helpu mam Meic i osod te bach hen ffasiwn ar y bwrdd cyn i bawb droi am adra yn llawn brechdana ham a chacenna cri a the cryf. Waeth mi heb ag esgus mod i wedi corddi trwy'r dydd ynglŷn â'r gwaharddiad ar sôn am Steffan. Wnes i ddim.

Ond wrth deithio adra mi allwn i deimlo'r peth 'na oeddwn i wedi ei wthio o'r golwg yn gwingo o dan y sêt, a'i glywed yn gwichian isio'i ryddid eto. Ond fe gafodd aros yno am chydig eto. Gosod ein hunain o flaen dwy sgrin wahanol wnaeth Meic a finna ar ôl cyrraedd adref – fo o flaen y teledu a finna o flaen y gliniadur yn y gegin. Ac roedd yna neges gan Sali, neges fach ddigon cyffredin yn dweud ei bod wedi mwynhau'r pryd bwyd, ac wedi mwynhau cyfarfod Meic. Dim ond y frawddeg olaf wnaeth i mi deimlo chydig bach yn anniddig: '... ac mae'n braf gwybod bod yna rywun arall sydd yn poeni am Steffan a finna'n bellach oddi wrtho fo rŵan.' Ddiffoddais y gliniadur heb ateb Sali a mynd i eistedd ar y soffa wrth ochr Meic. Closiais ato a gwylio'r ffilm er ei bod ar ei chanol. Fel arfer mae'n gas gen i wylio ffilm sydd ar ei chanol lle nad oes posib deall yn iawn pam fod pobl yn gwneud yr hyn maen nhw'n ei wneud. Ond heno doedd dim bwys gen i. A beth bynnag roedd hi'n amlwg, er mai ffilm yn cael ei dangos yn hwyr yn y nos oedd hi, fod popeth yn mynd i fod yn iawn yn y diwedd. Roedd Meic yn pendwmpian ond mi oeddwn i'n effro tan y diwedd, hyd nes fy mod i wedi gweld y ddau ar y sgrin yn cusanu, wedi clywed y gerddoriaeth yn newid cywair ac wedi gweld y geiriau hud 'The End' yn ymddangos a diflannu. Falla ei bod yn amlwg fod popeth yn mynd i orffen yn hapus ond roeddwn i am fod yn siŵr.

Deffrais Meic.

'Tyd, gwely, pwt.'

Ac fe wenodd a chodi a mynd i molchi a llnau ei ddannedd.

Dim ond gyrru rhyw ateb bach clên a siriol wnes i at Sali y diwrnod wedyn a llun o'r rhosod yn fy nghardd. Roeddan nhw'n rhosod arbennig y flwyddyn honno, cwmwl mawr gwyn yn dringo'r wal yn yr haul. Roedd cymaint ohonynt, roedd posib i mi gasglu tusw i'r tŷ a thusw bychan i fynd i'r gwaith i Lora heb ddifetha dim ar y sioe yn yr ardd.

Steffan

Mi fysa'n well i mi fod wedi trefnu cyfarfod â Rhydian yn syth, trannoeth, y pnawn hwnnw hyd yn oed. Wedi'r cyfan, fi oedd yn cael dewis. Neu mi allwn i fod wedi gwrthod, – er mai cydnabod gwendid fyddai gwrthod ei gyfarfod. Ond mi oeddwn i'n hollol glir yn fy meddwl mai ond unwaith y byddwn yn ei gyfarfod. Un cyfle i ni gael penderfynu sut i osgoi'n gilydd am y deng mlynedd ar hugain nesa.

Wrth gwrs, mi fyddai pethau'n haws petai o wedi aros ym mha bynnag dwll roedd o wedi bod yn cuddio ynddo fo'r holl flynyddoedd. Ar ôl ymladd yr ysfa am ddiwrnod, ildiais a theipio'i enw i mewn i Google. Ges i wybod fawr o ddim er bod ganddo safle we slic, broffesiynol. E-bost a rhif symudol oedd yr unig fanylion cyswllt. Roedd yn ymddangos ei fod yn ymgynghorydd busnes a chymunedol gyda sawl cleient bodlon yn tystio i'w sgiliau ac yn brolio ei allu i'w harwain trwy Gaer Droea'r grantiau.

Ac roedd llun – gwallt wedi britho ond yn dal yn drwchus, gên wedi llacio, dannedd drud. Syllais ar yr wyneb a'r cefndir nad oedd yn datgelu dim cyn diffodd y sgrin a mynd am dro. Ar ôl dod yn ôl i'r tŷ ryw ddwyawr wedyn codais y ffôn.

'Lora? Steffan sy 'ma. Fysa ti'n fodlon cyfarfod am sgwrs? Dim ond ni'n dau heb fod Efa yna. Bryna i bryd i ti os ti isio.'

Gallwn ei theimlo'n oedi, yn ystyried y gwahanol atebion posib. Roedd y dewisiadau o'i blaen yn amrywio o 'Twll dy din di' i 'Mi fyddai hynny'n wych'. Dewis un o'r canol yn rhywle wnaeth hi.

'O'r gora. Ond dim pryd o fwyd. Panad yn rhywle ar ôl gwaith os lici di.'

Call fuodd Lora erioed. Efallai y dylwn i fod wedi ymddiried mwy ynddi hi ar y pryd. Ond doedd gen i ddim o'r eirfa. Doedd gan neb bron yr eirfa adeg honno. Er ein holl oddefgarwch a'n mwg drwg roedd y byd wedi ei rannu yn ddu a gwyn. Yn Gymry a Saeson. Yn ni ac yn bwffs. Yn gall ac yn ddim yn gall. Nid call fel mae Lora'n gall – rhesymegol, cytbwys, ymarferol a ballu ydi hynny; ond y call sydd yn groes i ddim yn gall, yn groes i ddrysu, yn groes i wallgo.

Mae'n siŵr fod gen i well geirfa i ddisgrifio pethau rŵan, ond gorwedd yn fy ngeiriadur mae'r geiriau hynny. Mentro allan i fy sgrin ar adegau. Tydw i ddim yn sicr pa mor gyfforddus ydw i'n eu defnyddio nhw go iawn. Gas gen i'r ymadrodd 'dyn ei genhedlaeth' a'r awgrym bod yn rhaid maddau i'r hen greadur. Maddau ei ragfarnau a'i ramadeg. Ac mae'n fwy cas gen i'r seicolegwyr pop sy'n pregethu bod rhaid maddau i chi'ch hunan.

Neidiodd Llwydrew i ben y ddesg a rhythu arna i am chydig fel mae cathod yn ei wneud. Cerddodd yn ofalus rhwng yr allweddell a'r sgrin, gan osod pob pawen yn daclus a gosgeiddig yn yr union fan ar y ddesg yr oedd hi wedi bwriadu ei gosod. Yna setlodd ei hun ar ben y printar, agor a chau ei hewinedd ddwywaith neu dair ac yna cau ei llygaid. Mi oeddwn i wedi bwriadu printio rhywbeth, rhywbeth yr oeddwn i'n anfodlon efo fo, ac yn gobeithio y gallwn weld be oedd yn bod yn rhwyddach ar gopi papur nag ar sgrin, ond fe gâi aros. Anghofiais am y darn trafferthus a gweithio ar rywbeth arall, rhwyddach, tan ddiwedd y pnawn. Ac yna brysio gan fy mod i wedi ei gadael hi'n hwyr i gyfarfod Lora.

Roedd hi'n eistedd yno'n aros amdana i, panad o'i blaen,

gliniadur yn agored ar fwrdd y caffi. Ac fe wenodd pan welodd fi. Dim ond am eiliad. Ond mi welais y wên cyn i mi eistedd i lawr, ac fe wnaeth hynny bethau'n haws. Caeodd Lora'r gliniadur a'i roi yn ofalus yn ei fag, a'r bag hwnnw mewn bag mwy lliwgar oedd ar lawr wrth ochr ei chadair.

'Be wyt ti isio, Steffan?'

'Sgwrs.'

Oedais am ennyd a chefais fy achub dros dro gan y ferch oedd yn gweithio'n y caffi yn dod i gymryd fy archeb. Roedd Lora bron â gorffen ei phaned hi a derbyniodd un arall gen i. Penderfynwyd y byddai'n gwneud synnwyr i ni gael tebotiad rhyngddom.

'Wyt ti'n cofio'r tebot coch 'na? Hwnnw roedd Carys yn gwrthod gadael i ni ei daflu er ei fod o'n gollwng te dros bob man wrth dollti?'

'Yndw. Ond ddoist ti ddim yma i drafod tebotia, Steffan.'

'Mae Rhydian wedi cysylltu efo fi. Isio cyfarfod.'

Roedd gan Lora'r gallu erioed i wneud ei hwyneb yn hollol ddifynegiant. Gwnaeth hynny rŵan. Newidiodd am eiliad i fflachio gwên sydyn ar y ferch ddaeth a'r te, ac yna dychwelyd i edrych yn dawel arna i heb arlliw o wên na gwg. Doedd gen i ddim dewis ond dal ati i siarad.

'Mi wyt ti mewn cysylltiad efo fo?'

'Ydw. Er, dim ond yn ddiweddar a dim ond cyswllt gwaith ddeud gwir.'

'Ond ti'n gwbod rwbath amdano fo? Be 'di 'i hanas o?'

Tywalltodd Lora'r te i'n cwpanau cyn ateb.

'Does 'na ddim llawer i'w ddeud – ymgynghorydd busnes, arbenigo mewn elusennau a chwmnïau ym maes y celfyddydau. Byw efo'i bartner, Alan. Dw i wedi cyfarfod Alan unwaith, boi iawn, Gwyddal, deintydd.'

'Wyt ti'n gwbod pam ei fod o am fy nghyfarfod?'

'Be wn i? Deud helô?'

Oedodd Lora am funud ac edrych i fyw fy llygaid.

'Ti'n iawn dyddia 'ma'n dwyt?'

'Ydw, iawn. Hollol iawn. Jest …'

Ond doedd yna ddim pwrpas holi mwy. Doeddwn i ddim hyd yn oed yn gwbod be oeddwn i isio'i holi. Na faint gwell fyswn i o gael gwybod pob manylyn o fywyd Rhydian Gwyn ers i mi ei weld o ddiwethaf. Aeth y sgwrs i gyfeiriadau eraill, digon gwâr. Dim ond pan oeddwn i ar fin gadael wnaeth Lora droi tu min arna i.

'Un peth, mae Efa'n hoff ohonat ti. Paid ti â jest diflannu a'i gadael hi, ei gadael hi heb unrhyw reswm fel …'

Orffennodd hi ddim o'i brawddeg. A wnes innau ddim esbonio nad ydw i byth yn gwneud pethau heb reswm.

Efa

Roedd Lora wrth ei bodd efo'r rhosod. Gwthiodd ei thrwyn i'w canol ac anadlu'n ddwfn cyn eu gosod mewn pot peint ar ei desg.

'Mi fydd yn chwith i mi hebddat ti.'

'Dw i'n dod yn ôl. Erbyn bydd y rhosod yn eu bloda flwyddyn nesa mi fydda i'n ôl. Os dyna fy mhrif gyfraniad i'r cwmni …'

Roedd yn braf gallu cellwair efo hi. Hyd yn oed cyn y sgwrs y diwrnod y gwelsom ni'r MG coch roedd rhyw bellter rhwng Lora a finna er pan oedd Steffan wedi ymddangos. Roeddwn i'n ei gweld yn y gwaith ond doedd hi heb fod draw yn y tŷ ers amser hir.

'Roedd Meic yn holi amdanach chi noson o'r blaen. Deud nad oedd o wedi'ch gweld chi ers sbel. 'Sa chi'n licio dod draw i gael swpar wythnos yma?'

Ac fe ddaeth Lora i gael swper nos Wener, ac roedd hi'n noson braf, dim ond ni'n tri a Meic a Lora'n yfed gormod o win. Ond erbyn tua 11 mi oeddwn i wedi ymlâdd ac yn mynd yn ddistawach ac yn ddistawch wrth i'r ddau arall fynd yn fwy a mwy swnllyd a gwirion. Ond doedd Meic ddim mor wirion nad oedd o'n sylwi.

'Cer i dy wely, pwt,' awgrymodd gan dollti mwy o win i wydryn Lora ac i'w wydryn yntau. Ac fe es a syrthio i gysgu bron yn syth, a chysgu'n drwm, drwm. Wnes i ddim hyd yn oed deffro pan ddaeth Meic i'w wely.

Pan gododd o'r bore wedyn mi oeddwn i'n *housfrau* siriol llawn ynni, wedi gwneud tomen o smwddio ac ar ganol gwneud sgons. Sychais fy nwylo blawd ar y ffedog oedd yn dynn dros fy mol cyn rhoi cusan iddo fo.

'Coffi, cariad? Pryd aeth Lora adra?'

'Plis. Tua un. Dau. Dw i ddim yn gwbod.'

Eisteddodd Meic wrth fwrdd y gegin yn yfed ei goffi a fy ngwylio i'n torri'r cylchoedd toes a'u gosod yn rhesi twt yn barod i fynd i'r popty.

'Mae Lora'n poeni amdant ti. Poeni dy fod ti'n mynd yn rhy hoff o Steffan. Falla bod hi'n iawn, sti …'

'Blydi hel, Meic, mae o'n dad i mi! Siŵr iawn mod i'n hoff ohono fo.'

'Mae'r rhan fwya o bobl yn caru eu tada am mai nhw ydi'r dynion sydd wedi edrych ar eu hola nhw.'

'Ddudis i ddim mod i'n ei garu o. Ti isio tost?'

A thrwy'r dydd wedyn mi oeddwn i isio gweld Steffan. Erbyn canol pnawn mi rois i'r gora i ymladd y peth. Rhois hanner dwsin o'r sgons, y rhai taclusa, tlysa, rheini oedd heb gipio ar un ochr, mewn tun, a neidio i'r car. Wnes i ddim hyd yn oed ffonio Steffan. Petai o ddim adra mi fyddwn i'n gadael y tun ar stepan y drws. Fe fyddai'n gwneud lles i mi fynd allan o'r tŷ beth bynnag, a doedd gen i ddim awydd cerdded.

Ac mi oedd yn ymddangos nad oedd o adra. Roedd Llwydrew yn eistedd ar sil y ffenest yn edrych yn ddigalon a neb yn ateb y drws.

'Mae gen ti ddrws bach yn y cefn,' meddwn wrth y gath, cyn rhoi un gnoc arall ar y drws rhag ofn. Clywais rywun yn symud yn y tŷ, ac yna ymhen chydig agorodd y drws. Neidiodd y gath i lawr oddi ar y sil ffenest i gyfarch Steffan.

'A, dyna lle wyt ti, pwt!'

Dim ond wedyn wnaeth o droi ata i. Doeddwn i heb weld Steffan heb siafio o'r blaen. Ac roedd o'n welw, ac yn edrych fel petai'n pwyso yn erbyn ffrâm y drws.

'Ti'n sâl?'

'Dw i'n iawn. Dw i jest ...'

Ac fe ddechreuodd besychu, ac roedd hi'n hollol amlwg nad oedd o'n iawn. Heb ddweud llawer o ddim mi wnes hi'n glir fy mod am ddod i'r tŷ yn hytrach na throi ar fy sawdl a'i adael. Dilynais Llwydrew ac yntau i'r gegin. Eisteddodd Steffan ac fe sefais innau yng nghanol y stafell a'r gath yn mewian wrth fy nhraed.

'Mae'i bwyd hi yn y cwpwrdd.'

Felly mi fwydais y gath ac yna golchi'r llestri budron oedd yn y sinc, gan adael i Steffan eistedd wrth y bwrdd yn cymryd ambell i sip o'r dŵr oedd mewn gwydryn o'i flaen.

'Wyt ti wedi cael bwyd, Steffan?'

'Ddim isio.'

'Panad 'ta?'

Gallwn weld ei fod am wneud ymdrech i ateb mewn brawddeg lawn, tro yma.

'Mi fydda panad yn dda. Diolch 'ti, Efa.'

Felly dyma wneud panad i'r ddau ohonom, ac er ei fod wedi dweud nad oedd o isio bwyd holltais un o'r sgons yn ei hanner, ei thaenu efo menyn, ac yna ei thorri yn ddarnau llai a'u gosod ar blat. Yfodd ychydig o'r te ac yna estyn am un o'r darnau bychan o sgon a'i fyta'n araf.

'Mae'n ddrwg gen i, Efa. Mae 'na ambell ddiwrnod pan nad ydw i gystal, pan mae hi'n anoddach ...'

Dechreuodd besychu eto cyn ailafael yn y sgwrs. A dyna sut ges i wbod fod Steffan yn sâl. Dw i ddim yn meddwl i mi sylweddoli'n iawn y diwrnod hwnnw pa mor sâl oedd o.

Ac eto, o edrych yn ôl, mi wnaeth o esbonio, ac esbonio cyn lleied o ffydd oedd ganddo mewn meddygon ac ysbytai.

'A' i ddim yno, sti, Efa. Llefydd anodd i gael allan ohonyn nhw unwaith ti wedi mynd trwy'r drws. Maen nhw'n cloi'r drysa.'

Steffan

Mae yna gysylltiad rhwng corff a meddwl. Efallai mai dyna pam doeddwn i ddim yn dda'r dydd Sadwrn hwnnw y galwodd Efa. Roedd fy mrest yn gaeth a phoenus a doedd gen i ddim awydd gwneud dim. Mi edrychais trwy ffenest y llofft i weld pwy oedd yna, yn hanner gobeithio ac yn hanner ofni mai Sali oedd yna, er nad oeddwn i'n ei disgwyl hi. Bron i mi beidio ag agor i Efa, ond roedd yna rywbeth am ei hosgo wrth iddi hi gnocio am y drydedd waith wnaeth i mi ildio a mynd i agor y drws. Dim ond ar ôl iddi hi fynd wnes i feddwl tybad pam oedd hi wedi galw.

Ac erbyn y bore dydd Llun mi oedd y pwl wedi pasio. Felly oeddwn i adeg honno, dim ond ambell i ddiwrnod pan nad oedd posib gweithio a chyfnodau hir rhyngddynt pan oeddwn i'n iawn. Yn ddigon agos at fod yn iawn beth bynnag.

Mi gyrhaeddais y maes parcio ger y llyn yn gynt nag yr oeddwn i wedi'i drefnu efo Rhydian. Parciais y car a mynd i eistedd ar fainc oedd yn wynebu'r fynedfa. Ac aros. Dim ond un car arall oedd yno, a neb yn hwnnw. Syllais ar fynedfa'r maes parcio gan anadlu'n ddyfnach nag oedd rhaid i weld a fyddai fy sgyfaint yn gallu dygymod â hynny heb frifo. Doedd dim arlliw o'r boen. Dw i'n cofio edrych ar fy oriawr a meddwl fod Rhydian wedi newid ei feddwl, neu'n fwy tebygol erioed wedi bwriadu fy nghyfarfod. Codais a chychwyn yn ôl tuag at fy nghar, ac fel oeddwn i'n gwneud hynny dyma lais tu ôl i mi.

'Lle ti'n mynd, Steffan? Dal mor ddiamynedd ag erioed, dw i'n gweld.'

Trois i weld Rhydian Gwyn yn gwenu.

'Bore braf. Mi es i am dro i ben y grib cyn dy gyfarfod. Isio cadw'n ffit, yn does?'

Ac oedd, mi oedd o'n dewach, ond yr un Rhydian oedd o. Ac roedd hynny'n wych ac yn ddychrynllyd. Mi eisteddodd ar y fainc yr oeddwn i newydd godi ohoni ac roedd o'n amlwg yn disgwyl i mi ymuno â fo. Eisteddais yno, wrth ei ochr ond mor bell ag y gallwn i oddi wrtho. Ond roedd hynny'n dal yn rhy agos. Ac yn rhy bell.

Ond yna, mwya sydyn, mi oeddwn i'n ôl yn fi'n hun, y fi oeddwn i wedi ei greu'n ofalus yn ystod yr ugain mlynedd diwethaf, yr awdur llwyddiannus, y dyn oedd ag enw o fod chydig bach yn styfnig, chydig bach yn wahanol. Dyn nad oedd yn cymryd lol gan gyhoeddwyr, trefnwyr gwyliau llenyddol, pobl treth incwm.

'Be oeddat ti angen ei drafod, Rhydian?'

'Gweld oeddwn i gan fod Lora a'i chwmni yn un o fy nghleientau, a'r Efa fach 'na yn gweithio i Lora, a chditha 'di penderfynu bod yn rhan o fywyd Efa mwya sydyn, ein bod ni'n siŵr o gyfarfod rhywbryd. Dim ond meddwl 'sa'n brafiach i ni'n dau gyfarfod tro cyntaf heb gynulleidfa.'

Mae yna un peth dw i wedi ei ddysgu dros y blynyddoedd – y peth callaf i'w wneud, yn aml iawn, pan fydd rhywun yn ansicr be i'w ddeud, ydi deud dim. Ran amla mi wneith y person arall lenwi'r tawelwch.

'Faint sy 'na dŵad? Deng mlynedd ar hugain? Mwy?'

Mi oeddwn i'n gwbod yn union faint o amser oedd yna er i mi weld Rhydian ddiwethaf, ond wnes i ddim ateb.

'Mae 'na lot wedi newid, sti, Steff. Agweddau pobl ...'

Aeth Rhydian yn ddistaw. Doeddwn i ddim yn gwbod ai sôn am agweddau pobl tuag at iechyd meddwl neu tuag at ddynion hoyw oedd o. Falla ei fod yn cyfeirio at agweddau pobl at yr amgylchfyd, derbyn merched i'r offeiriadaeth, mewnfudo i gefn gwlad Cymru, alcohol. Ac er nad oedd hi ond ganol bore mi fyddwn i wedi rhoi'r byd am gael diod yn fy llaw. Pam na fyswn i wedi trefnu i gyfarfod mewn tafarn?

'Dw i'n berson gwahanol. Ac mae'n siŵr dy fod titha. Nid mod i'n ymddiheuro, ond …'

Doeddwn i'n dal heb ddeud gair o fy mhen. Sylwais fod carrai fy esgid wedi agor a phlygais i'w chau. Cwlwm dwbl, tyn, saff, rhag ofn.

'Gwranda, Rhydian – mi oeddan ni'n dau yn rhannu tŷ yn y saithdegau. Hen hanes ydi popeth ddigwyddodd yno. Mae Rhyd y Gro yn y gorffennol.'

'Ond …'

Torrais ar ei draws. 'Fy mhroblem i ydi'r pethau ddigwyddodd i mi.'

'Be mae dy ferch yn wbod?'

'Mae Efa'n gwbod be dw i wedi'i ddeud wrthi hi.'

'Sef?'

'Tydi hi ddim yn holi.'

'Merch ei thad. Gwthio petha i'r cwpwrdd. Peidio agor y drws.'

Roedd hi'n chwythu erbyn hyn ac fe syllais ar donnau'r llyn am chydig. Aros am y nawfed don.

'Weithia dyna'r lle gora i betha fod.'

Gwenodd Rhydian, llond ceg o ddannedd chydig bach rhy wyn i ddyn o'i oed.

'Wyt ti isio dod draw acw rhywbryd? Cyfarfod Alan. Geith o neud bwyd. Mae o'n dda. *Ribs* falla. Os ti'n byta cig …'

Gwrthod wnes i. Gwrthod yn gwrtais. Ac yn fuan wedyn

codi oddi ar y fainc, cerdded at fy nghar a gyrru i ffwrdd gan adael Rhydian Gwyn mewn cwpwrdd yn Rhyd y Gro. Wel naddo, doedd o ddim wedi ei gau yn y gorffennol rŵan, nag oedd? Roeddwn i wedi ei weld o heddiw, yn eistedd wrth fy ochr: dyn hoyw, cyffredin, canol oed hwyr, braidd yn dew ond yn dal yn eitha ffit, yn byw efo'i gymar sydd yn dda am goginio *sbare ribs*. Ac mi oeddwn i wedi sgwrsio efo fo, ac wedi dod â'r sgwrs i ben, ac wedi cerdded oddi wrtho fo.

Pan oeddwn i'n blentyn mi oedd Mam yn fy niddanu trwy ddefnyddio lamp i daflu cysgod ei llaw ar y wal. Roedd cysgod ei llaw fechan yn ymddangos yn fawr, fawr, ac un munud roedd yna arth ar wal fy llofft, a'r munud nesa roedd draig wyllt yn hedfan uwch fy ngwely. Gêm wirion i'w chwarae efo plentyn cyn iddo fo fynd i'w wely, ond doeddwn i byth yn cael trafferth cysgu ar ôl iddi hi greu'r angenfilod anferth. Y peth olaf fyddai hi'n ei neud bob tro oedd newid ongl y lamp fel fy mod i'n gweld cysgod llaw Mam yn glir ac yn fychan a honno yn chwifio arna i ac yn codi bawd.

Rhyd y Gro

Prin oedd Steffan wedi dod o'i stafell ers tridiau. Roedd y tymor coleg wedi dod i ben, Carys yn byw ac yn bod yn yr ardd a Lora yn ei gwaith trwy'r dydd. Ond gyda'r nos clywai'r ddwy ohonynt sŵn y teipiadur, ac weithiau sŵn tebyg i sŵn crio, ond yn amlach na pheidio distawrwydd. Aeth Lora i fyny yno a cheisio'i ddarbwyllo i ddod i lawr a byta efo nhw ond gwrthod wnaeth o.

'Ti'n meddwl bod isio galw doctor ato fo?'

Ysgydwodd Carys ei phen. 'Wn i ddim. Dw i'n cael dyddia fel'na, tydw ...'

'Ti ddim fel'na.'

Dechreuodd Carys ddweud rhywbeth ond yna ailfeddwl. Cymerodd gegiad o'r lobsgóws o'r ddysgl o'i blaen, chwythu arno a'i roi yn ei cheg cyn ailddechrau siarad.

'Gad o tan fory. Os bydd o 'run peth fory ...'

A thawedog iawn fuodd y ddwy am weddill y noson.

Trannoeth, ar ôl i Lora fynd i'w gwaith, daeth Steffan i lawr y grisiau a mynd allan i'r ardd i chwilio am Carys. Cafodd hyd iddi hi yn ei chwman yn chwynnu a safodd am ychydig yn ei gwylio a hithau heb sylwi arno. Yna fe drodd hithau i roi chwyn yn y fasged oedd y tu ôl iddi hi a'i weld.

'Helô.'

'Ti wedi gaddo'n do?'

'Gaddo be?'

'Gaddo na fydd gan y babi 'ma gyswllt efo fi. Dw i ddim isio iddo fo wbod amdana i, OK?'

Gwenodd Carys arno fo a chynnig llond dwrn o bys iddo. Agorodd goden ei hun a dechrau byta'r peli bychain gwyrdd.

"Sa ti'n gallu bod yn hynny o dad wyt ti isio. Rhan amser rhywsut.'

'Na. Dim. Dw i isio i ti addo. Cyn i mi fynd.'

Doedd Steffan ddim yn fodlon neu ddim yn gallu esbonio i le roedd o am fynd. Cerddodd oddi wrthi hi ac yn ôl i'r tŷ. Ymhen rhyw awr aeth Carys ar ei ôl ac i fyny i'w stafell. Roedd drws yr ystafell yn agored ond doedd dim golwg o Steffan. Gorweddai papurau ar hyd y ddesg ac ar hyd y llawr. Cododd Carys un ohonynt a synnu ei fod yn Saesneg. Doedd hi heb ddarllen gwaith Steffan o'r blaen, ond am ryw reswm roedd hi wedi cymryd yn ganiataol mai sgwennu yn Gymraeg oedd o, a doedd Steffan erioed wedi cywiro'r argraff honno. Gwaeddodd Carys ei enw ond nid oedd ateb. Erbyn hynny roedd Steffan heb ddim byd ond un bag bychan iawn ar ei gefn ar fws yn mynd i gyfeiriad Sir Fôn.

Petai'r dyn bach canol oed o Borthaethwy heb benderfynu mynd â'i labrador am dro yr union adeg honno, a hynny dim ond oherwydd ei fod wedi ffraeo efo'i wraig, mwya tebyg y byddai wedi neidio. Neu fe fyddai wedi ailfeddwl a dringo'n ôl dros y ganllaw ac edrych eto ar y cyfeiriad ar y darn papur yn ei boced. Ond pan ddechreuodd deimlo ychydig yn well mi daflodd y darn papur i un o finiau sbwriel yr ysbyty. Hwnnw oedd y diwrnod yr holodd am ei deipiadur a gwirioni bod y sach, nad oedd yn cynnwys fawr o ddim arall, wedi cael ei chadw'n ddiogel. Hwnnw oedd y diwrnod y dechreuodd ysgrifennu'r llyfr cyntaf o'i eiddo i gael ei gyhoeddi.

Efa

'Mae o'n sâl.'

'Dw i'n well, diolch 'ti.'

'Na, yn sâl go iawn dw i'n feddwl.'

'Ydi o wedi bod yn gweld doctor?'

Ac roedd rhaid i mi gyfadda nad oeddwn i'n gwbod a oedd Steffan wedi bod yn gweld doctor neu beidio. Ac nad oeddwn i'n gwbod a oedd o'n bwriadu mynd i weld doctor, ac nad oeddwn i'n gwbod be oedd yn bod arno fo.

'Wyt ti wedi byta?'

Ysgydwodd Meic ei ben a newid sianel y teledu o gwis teuluol i raglen am gwpl canol oed yn chwilio am hafan yn Tuscany, rhywle lle y byddai posib iddynt gadw ieir.

Ac fe es innau i'r gegin a dechrau paratoi swper. Byta ar ein gliniau o flaen y teledu wnaethon ni ac erbyn hynny roedd dwy flynedd wedi mynd heibio ac roedd y gyflwynwraig wedi dychwelyd i'r Eidal i weld sut hwyl roedd y ddau yn ei gael yn eu cartref newydd. Dim ond y fo a'r ieir oedd yno.

'Ffŵl,' medda fi.

'Creadur,' medda Meic ar yr un pryd yn union.

'Ti'n meddwl 'sa bosib i ni gadw ieir yn yr ardd gefn?'

'A chditha'n nôl wya mewn ffrog laes flodeuog a babi ar dy glun?'

Ac roedd rhaid mi chwerthin oherwydd mai dyna'n union oeddwn i'n ei ddychmygu, yn union fel y ddynas oedd wedi gadael y tyddyn yn Tuscany mwya tebyg. Heblaw fy mod i wedi cadw ieir ers talwm, neu o leia roedd Mam wedi cadw ieir, a fi oedd y babi. A fi wedyn oedd y plentyn bychan efo wyneb budr a dyngarîs butrach yn nôl wya. Ac fe ddaeth atgof clir o rywle o ddisgyn wrth gario wya'n nôl i'r tŷ a rheini'n malu'n deilchion a'r ieir yn rhedeg ata i ac yn byta'u wya eu hunain. A dw i'n cofio crio a Mam yn crio, ond dw i ddim yn cofio pwy ddechreuodd grio gyntaf. A dw i'n cofio mai tost a Marmite gawson ni i swpar y noson honno. Ac wrth gofio hynny nes i sylweddoli pa mor ofnadwy o dlawd oedd Mam ar adega.

Roedd yna adega eraill pan oedd yna arian. A phryd hynny roedd hi'n hael ac yn hapus, yn trefnu tripiau i lan y môr ac yn gwadd ffrindia i ymuno efo ni ac yn bwydo pawb. Weithia roeddan ni'n mynd i lan y môr ar y bys, ond ar un adeg roedd yna fan. Os nad oedd yna blant eraill wedi dod efo ni i lan y môr fy hoff ddiddanwch oedd adeiladu cestyll tywod, rhai cymhleth gan ddefnyddio pob math o froc môr a chregyn a cherrig. Sgen i ddim cof o Mam yn ymuno yn y gwaith o adeiladu castell, dim ond eistedd ychydig oddi wrtha i'n darllen neu'n smocio ac yn edrych ar y tonnau.

'Be am fynd i lan y môr penwythnos nesa?'

'Sut aeth dy feddwl di o ieir i lan y môr?'

'Dwn i'm,' medda fi er mod i'n gwbod. 'Sgen ti awydd mynd? Efo picnic.'

'A bwcad a rhaw?'

'Ia, siŵr,' medda fi ac yna sylweddoli nad oedd gen i bellach fwcad a rhaw, ac y byddai rhaid mynd i brynu rhai. Felly tua'r môr es i'r diwrnod wedyn yn hytrach nag yn ôl i weld Steffan. Mi nes i drio ei ffonio fo sawl gwaith rhwng byta brechdana a chwarae efo fy mwced a rhaw newydd, rhai pinc llachar. Ond doedd yna ddim ateb, ddim hyd yn oed pan nes i drio wedyn gyda'r nos ar ôl mynd adref.

'Wyt ti isio mynd draw yno?' gofynnodd Meic yn y diwedd. Ond penderfynu y byswn i'n mynd ar ôl gwaith drannoeth os nad oeddwn i wedi clywed unrhyw beth wnes i. Fu dim rhaid i mi. Mi ffoniodd Steffan amser cinio yn swnio'n siriol ac yn holliach.

'Mae'n ddrwg gen i dy fod ti wedi gorfod 'y ngweld i fel'na, Efa.'

A finna'n derbyn ei ymddiheuriad yn hytrach na'i wfftio gan mai dyna oedd o am i mi ei wneud.

'Dw i filwaith gwell heddiw. Be fu'st ti'n neud dros y Sul?'

Felly mi gafodd hanes lan y môr, a dynas wedi tyfu i fyny'n prynu bwced a rhaw binc iddi hi'i hun ac yn chwarae yno trwy'r dydd efo'i chariad. Ac wrth wrando arno fo'n chwerthin mi nes i sylweddoli mai anaml oeddwn i'n clywed Steffan yn chwerthin. Nid ei fod o'n berson digalon neu isel ei ysbryd, dim ond mai anaml mae o'n chwerthin. Er, mae Now yn neud iddo fo chwerthin. Waeth sut hwyliau sydd arno fo, pan awn ni i'w weld does ond isio i Now wneud y peth lleia – gollwng tegan a gweiddi, parablu yn ei iaith annealladwy ei hun, tynnu fy ngwallt i, ac mae Steffan yn chwerthin.

Wnaethon ni ddim siarad yn hir y diwrnod hwnnw. Roedd gen i waith i'w neud ac roedd angen i Steffan frysio i gyfarfod â chyhoeddwr oedd am gomisiynu cyfrol o ysgrifau ganddo. Dw i'n cofio ei fod yn llawn brwdfrydedd am y prosiect, ac roedd hi'n anodd cysoni'r person yma efo'r dyn gwael oedd yn eistedd wrth fwrdd y gegin tra oeddwn i'n golchi llestri a gwneud paned iddo fo. Rhoddais y ffôn i lawr gan addo y byddwn i'n galw amdano fo'r tro nesa y byddwn i'n mynd am bicnic i lan y môr, a dychwelyd at fy ngwaith. Roeddwn i wedi penderfynu y byddwn i'n treulio'r pnawn yn y swyddfa yn delio efo gwaith papur oedd wedi pentyrru ac e-byst oedd angen eu hateb. Dw i ddim yn or-hoff o hynny ond dw i wedi dysgu o brofiad bod rhaid ymosod arno'n eitha rheolaidd. Felly mi oeddwn i wrth y ddesg gyferbyn â Lora pan gerddodd Rhydian Gwyn i mewn i'r stafell.

'Ga i ddwyn cornel fach?' gofynnodd gan roi ei liniadur ar ddarn gwag o fy nesg. 'Sut wyt ti, Efa? Welis i dy dad diwrnod o'r blaen. Mae o'n edrych yn dda. Heneiddio fel 'da ni i gyd, ond yr un hen Steff.'

Mi aeth yna ryw ias trwydda fi wrth i Rhydian ddeud hynna. Wrth iddo fo ddeud 'dy dad'. Dw i ddim yn siŵr a oedd unrhyw un arall wedi defnyddio'r geiria yna wrth gyfeirio at Steffan. Steffan oedd o i Meic. Steffan oedd o i mi ddeud gwir. Y dyn difyr, annwyl oedd wedi dod yn rhan o fy mywyd, yn rhan bwysig o fy mywyd. Ond doeddwn i ddim yn meddwl amdano trwy'r amser fel fy nhad. Falla mai dyna fy ffordd o warchod fy hun, o gadw fy mhwyll. Roeddwn i wedi ei dderbyn mor llwyr ac wedi dod mor hoff ohono, bron nad oedd hi'n haws gwarchod fy hun trwy anwybyddu'r eliffant yn yr ystafell – y ffaith mai hwn oedd fy nhad. Achos oherwydd unwaith oeddwn i'n cydnabod hynny roedd yna yrr o eliffantod ar y gorwel na ellid ei anwybyddu. Pam na gadwodd o gysylltiad oedd y gyr hwnnw.

Wnes i ddim meddwl hyn i gyd pan oedd Rhydian Gwyn yn gosod ei liniadur yn ddigywilydd ar fy nesg, wrth gwrs. Dim ond teimlo'i eiriau yn codi croen gŵydd am eiliad ac yna er mwyn cael gwared â'r teimlad od, siarad gormod.

'Doedd o ddim yn dda diwrnod o'r blaen, creadur. Mae'n siŵr ei fod o'n mynd yn hen. Ddeud gwir dw i ddim yn gwbod faint 'di 'i oed o …'

'Chwe deg,' meddai Lora.

'Chwe deg un,' meddai Rhydian, 'roedd ei ben-blwydd o fis diwetha.'

Wnaeth Lora ddim ateb Rhydian, dim ond tynnu ffeiliau oddi ar y silff y tu ôl iddi hi a gofyn iddo fo be oedd ei farn am ryw gynllun grant posib. Dychwelais innau i ateb e-byst ac i ddifaru nad oeddwn i'n gwbod pryd oedd pen-blwydd Steffan. Mi fyddwn i wedi gwneud cacen. Ond efallai fod Sali wedi gwneud cacen. Dw i'n cofio meddwl y dylwn i efallai fod wedi cysylltu efo Sali a gadael iddi hi wbod ei fod yn wael. Wnes i ddim meddwl gwneud ar y pryd. Ond ta waeth, roedd o'n well.

Gofynnodd Lora a oeddwn i'n gwybod rhif ffôn symudol rhywun. Ac roedd yna rywbeth yn ei llais yn gwneud i mi amau ei bod hi'n gofyn y cwestiwn am yr eildro. Rhoddais y rhif iddi hi a holi a oedd pawb isio panad.

Mi fyddwn i'n hoffi mynd i seremoni de Siapaneaidd. Hyd yn oed ar ei fwyaf diramant a di-chwaeth, yn fygiau ac yn fagiau te, mae yna rywbeth sy'n tawelu person ynglŷn â gwneud te. Cyn i chi ei yfed, hyd yn oed, mae aros i ddŵr ferwi a thywallt y dŵr berwedig ac yna aros ychydig eto yn torri ar batrwm meddwl, yn llenwi'r meddwl gyda'r bychan a'r diriaethol.

Rhyw hanner awr wedyn, a fy mŵg yn dal yn hanner llawn o de oer wedi ei adael ar ei ganol, y gwnes i sylweddoli nad oedd gen i rif ffôn i Sali. Roedd gen i ei chyfeiriad e-bost, roedd hi wedi fy ebostio, ond doedd gen i ddim rhif ffôn. Beth petai angen i mi gysylltu ar frys? Tydw i, wrth gwrs, erioed wedi gorfod cysylltu efo Sali ar frys, ddim hyd yn oed y tro y bu rhaid galw meddyg at Steffan am y tro cyntaf. Mewn bywyd go iawn anaml mae pethau mor ddramatig â'r storïau 'da chi'n eu creu yn eich pen.

Ar ôl chydig rhoddodd Lora'r ffeiliau yn ôl ar y silffoedd a chaeodd Rhydian ei liniadur a'i roi yn ei fag.

'Bron mi anghofio,' meddai gan dynnu amlen fawr frown allan o'r bag. 'Ddois i â llunia i ti weld, Lora. Alan a finna'n clirio noson o'r blaen a dod ar draws rhain.'

Gosododd y lluniau ar ddesg Lora a mynd i sefyll wrth ochr ei chadair.

'Tyd titha yma, Efa. Mae 'na lunia o dy dad yma. A llunia o dy fam wrth gwrs.'

Mae gen i luniau o Mam wrth gwrs. Lluniau ohonon ni'n dwy wedi eu tynnu gan ddieithriaid clên dros y blynyddoedd. Weithiau byddai hi'n gofyn i berson a edrychai'n garedig, ond mae'n syndod cymaint o unigolion gorgymwynasgar sydd yna yn y byd, y rhai sy'n dod draw at fam a merch pan maen nhw'n tynnu llunia'i gilydd ac yn gofyn, 'Fysa chi'n licio i mi dynnu llun ohonach chi efo'ch gilydd.' Felly mae gen i albwm o rheini ac un mewn ffrâm ar wal y gegin. Ac mae yna albwm arall, denau â thudalennau duon trwchus a'r lluniau'n cael eu dal yn eu lle gyda chorneli bach papur. Lluniau o Mam yn blentyn sy'n hwnnw. Ond mae yna fwlch yn y canol, ac roedd yna luniau i lenwi'r bwlch yn un pentwr blêr ar ddesg Lora.

Codais a mynd i sefyll yr ochr arall i Lora. Dw i'n cofio sylwi bod ganddi hi bersawr gwahanol 'ri arfer. Llun o dŷ yng nghanol cae oedd y cyntaf, llun wedi ei dynnu o bell ond doedd dim adeilad arall i'w weld o fewn yr hirsgwar a ddewiswyd gan dynnwr y llun. Roedd dillad ar y lein ond dim golwg o bobl.

'Rhyd y Gro,' meddai Lora. 'Wyt ti wedi bod yn ôl yna wedyn, Rhydian?'

'Naddo.'

Estynnodd Rhydian am lun o'r pentwr. 'Hwn yn llun da o dy fam, Efa.'

Llun bychan sgwâr oedd o. Llun o ddynas iau na fi, efo gwallt hir, yn eistedd ar ben wal yn smocio sigarét. Ac mi oedd o'n llun da. Roedd hi'n edrych heibio'r tynnwr lluniau i rywle, a mymryn o fwg o'r sigarét yn cael ei dynnu gan y gwynt i'r un cyfeiriad. Cymerais y llun oddi arno a'i studio. Dwn i ddim a ydi o 'run peth i bawb ond mae'n haws gen i gredu fod Mam wedi bod yn hogan fach na derbyn ei bod hi wedi bod yn ddynas ifanc, ddi-blant, ddibryder yn eistedd ar ben wal yn smocio ac yn edrych tua'r gorwel.

'Fi oedd bia'r gardigan yna,' meddai Lora. 'Roedd hi wastad yn ei dwyn hi.'

'Ac roeddat ti'n dwyn fy nghrys denim i.'

A phrin fod Lora a Rhydian yn ymwybodol fy mod i yn yr ystafell.

'Sgen ti lun o'r pedwar ohonon ni?'

Ysgydwodd Rhydian ei ben. 'Ond mi yda ni'n tri yn hwn.'

Gafaelodd mewn llun arall. Yno fo roedd Lora feinach a Rhydian meinach a Steffan yn edrych yn syndod o debyg i'r Steffan oeddwn i'n ei adnabod ond fod ganddo fwy o wallt, llawer mwy o wallt. Roedd gan Lora gath frech yn ei breichiau ac roedd braich Rhydian o amgylch sgwyddau Steffan. Y math o lun a fyddai'n cael ei roi yn syth ar Facebook ac yna ei anghofio heddiw, ond roedd hwn wedi aros mewn bocs am ddegawdau a'i dynnu allan rŵan er mwyn i ddau oedd yn y llun gael dadla be oedd enw'r gath. Penderfynwyd mai Lora oedd yn iawn.

'Anodd cofio popeth, tydi?' meddai Rhydian cyn casglu'r lluniau yn ôl i'r amlen.

Steffan

Dw i'n dal yn ddyn mapiau papur. Mae map ar sgrin y ffôn yn eich cyfyngu. Dim ond eich darn bach chi allwch chi ei weld mewn manylder. Tydach chi ddim uwchben y cyfan fel eryr neu fel angel neu fel duw. Gyda map papur cyfan yn agored o'ch blaen ar fwrdd cegin neu ar garreg wastad mae'n bosib gweld y darlun cyfan. Lle 'da chi wedi bod, lle 'da chi'n bwriadu mynd, y cribau sydd i'w gweld yn y pellter a'r coedwigoedd pin i'w hosgoi.

Mae gen i lond silff o fapiau ac ar un ohonynt mae Rhyd y Gro. Sgwaryn bychan oren gwan ger llinell las ger llinell felen. Ar hyd y llinell felen y byddem yn cerdded yn chwil neu'n gyrru ceir nad oeddan nhw'n ffit i'w gyrru. Yn y llinell las y byddem yn taflu cerrig yn yr haf a'r cylchoedd crynion yn ymestyn ar draws y pyllau llonydd. Yn y gaeaf byddai'r dŵr yn frown gan fawn ac yn llifo'n donnau llawer mwy na'r pethau pitw y byddem ni'n eu creu â'n cerrig.

Chwilio am rywle arall oeddwn i, isio atgoffa fy hun o union leoliad rhyw gytiau crynion nad oeddwn i wedi ymweld â nhw ers degawdau. Maen nhw filltiroedd o Ryd y Gro. Ond ar yr un darn o bapur. Mae'r cytiau crynion ym mhen deheuol y sgwaryn tir y penderfynodd yr Ordnance Survey ei gynnwys ar y map hwnnw a Rhyd y Gro mor bell i'r gogledd ag y gellid mynd heb fynd i'r map nesa. Ond fe ddenwyd fy llygad ato. At yr afon yn ymlwybro heibio iddo ac at y llinellau oedd yn dynodi union siâp y llechwedd y tu ôl i'r tŷ ac at yr enw ei hun. Tydi enw pob ffermdy ddim yn ymddangos ar fapiau ond mae enw Rhyd y Gro yno. Mae o yno mewn ffont syml heb seriff, yn wahanol i'r geiriau *hut circle* wedi eu nodi mewn llythrennau gothig. Wn i ddim enw'r ffont ond am wn i fod y cwafers cymhleth yn fod i gyfleu oedran y lle. A Rhyd y Gro yn ei deip plaen yn ddim byd ond anheddle cyfoes syml.

Doedd o ddim yn lle cyfoes iawn. Mi welis i gofnod ohono yn yr archifdy rhywbryd yn dyddio yn ôl i 1656. Ac yn sicr doedd o ddim yn syml. All tri chan mlynedd o fywydau dynion ddim bod yn syml. Dw i'n cofio Rhydian yn gwylltio efo fi.

'Tri chan mlynedd a mwy o ffarmwrs unig – ti'n meddwl mai ni ydi'r rhai cyntaf i neud hyn? Tydi'r waliau heb gwympo, tydi Duw heb yrru mellten i ddileu Rhyd y Gro oddi ar wyneb daear.'

'Ei neud o am dy fod ti'n unig wyt ti, Rhydian?'

A fynta'n gwenu, ond wyddwn i ddim a oedd hi'n wên glên neu beidio.

'Nage. Nid dyna pam dw *i'n* ei neud o.'

Hwnna oedd y tro olaf, fwy neu lai.

Mi wnes i'n siŵr mod i'n cofio lle i droi i fynd at y cytiau crynion ac yna camu oddi wrth fwrdd y gegin ac agor y drôr ger y sinc. Tynnais siswrn allan a cherdded i ochr arall y bwrdd. Yn ofalus torrais ddarn rhyw ddwy fodfedd sgwâr a dileu Rhyd y Gro oddi ar y map. Ond doeddwn i ddim yn gwbod be i'w neud efo fo wedyn. Allwn i ddim ei roi yn y bin sbwriel nag yn y fwced gompost. Allwn i ddim. Gwthiais y darn papur yn flêr i boced fy nghrys.

Ac yno y buodd o hyd nes i mi olchi'r crys ac wrth wagio'r pocedi mi oedd gen i broblem eto. A'r cyfan wnes i oedd ei osod, wyneb i waered, ar ben y peiriant golchi. Ar gefn y darn papur roedd rhywle arall, map felly oedd o. Rhywle nad awn i iddo byth.

Ac yna fe alwodd Efa, ac fe gipiais y darn map a'i wthio i boced y jîns oeddwn i'n wisgo. Ei wthio o'r golwg ac agor y drws gyda gwên.

'Be sy'n dod â chdi yma?'

Doedd ganddi ddim rheswm arbennig, medda hi.

'Mynd yn hurt yn tŷ. Doctor wedi mynnu mod i'n rhoi'r gora i weithio.'

Ac er na ddudis i ddim byd mae'n rhaid bod fy mhryder yn amlwg am eiliad ar fy wyneb. Dim ond am eiliad. Mi adewis i'r pryder ddangos am nad oeddwn i'n disgwyl ei deimlo.

'Dim problem fawr. Pwysau gwaed fymryn yn uchel. Gen i bron i fis o fod yn *bored*.'

Doeddwn i ddim yn siŵr be i'w ddeud ac fe gamddehonglodd Efa fy nistawrwydd.

'Wna i ddim aros os ti ar ganol gweithio ar rwbath.'

Mi oeddwn i, ond 'sa fo'n gallu aros. Mi allwn weithio'n hwyr.

'Na, na, dim problem. Panad? Mynd am dro? Cinio?'

Mynd am dro byr wnaethon ni. Doeddwn i ddim yn siŵr pa mor gyflym na pha mor bell y gall gwraig feichiog efo pwysau gwaed fymryn yn uchel gerdded. Tydw i erioed wedi byw efo dynas feichiog. Llawn cyn belled â dyn deng mlynedd ar hugain yn hŷn na hi ydi'r ateb. Mi ddilynodd Llwydrew ni ran o'r ffordd i lawr y llwybr ond yna troi yn ôl. Erbyn i ni ddychwelyd i'r tŷ mi oedd hi'n cysgu'n braf yn y gwely crog ar y rheiddiadur. Doeddwn i ond wedi prynu hwnnw iddi hi ryw wythnos ynghynt, ond roedd hi wedi cymryd ato fo. Agorodd ei llygaid am eiliad i weld pwy oedd wedi dod i'r tŷ efo fi ac yna eu cau.

Suddodd Efa i feddalwch fy soffa a gadael i mi neud

paned, ac er ei bod wedi cerdded yn rhwydd roedd hi'n edrych wedi blino.

'Dw i'n edrych ymlaen at allu cerdded yn iawn, yn gyflym, at fynd am dro pell heb y lwmp yma, ' meddai a'i dwylo ar ei bol.

'Lle'r ei di?'

'Rhwla dw i heb fod o'r blaen.'

Ac mae'n siŵr mai dyna'r ddau fath o dro sy'n bod – tro i lefydd cyfarwydd a thro i lefydd diarth.

Efa

Mi nes i gerdded yn gyflym y pnawn hwnnw efo Steffan, ac yna suddo i'r soffa a gadael iddo dendio arna i. Mi oedd tamad greddfol ohona i'n ama mod i wedi gwneud gormod a llais bach rhesymol yn deud mai lol oedd hynny. Ond y noson honno dechreuodd y poenau ac erbyn y bore trannoeth mi oeddwn i yn yr ysbyty. Ac efo fi, erbyn hanner awr wedi naw, roedd Owain, dair wythnos yn gynnar, yn fychan, ond ddim gwaeth.

Am ddwyawr ar ôl yr enedigaeth mi oeddwn i fel y gog, yn sgwrsio efo pawb, yn gwironi efo fy mab yn sugno'n gryf ac yn gafael yn fy mys, yn tynnu ei lun a sythu'r flanced ar ei wely bach bocs plastig a phob yn hyn a hyn yn cusanu Meic. Ac yna mi drawodd y blinder fi fel gordd. Bron ar ganol brawddeg syrthiais i gysgu, cysgu am oriau a deffro i weld Owain a'i dad a'i daid. Doeddwn i ddim wedi disgwyl gweld Steffan. Dw i'n cofio Meic yn dweud ar ryw bwynt ei fod am 'ffonio pobl i ddeud wrthyn nhw'n bod nhw'n nain ac yn daid', ond dim ond disgwyl iddo ffonio ei rieni oeddwn i.

Mi edrychais i ar Steffan a'r babi bach ar ei lin a dechrau beichio crio. Nid trist oeddwn i, dagrau o gynddaredd oeddan nhw. A doedd neb yn dallt. Ymddangosodd nyrs o rywle, awgrymu wrth Meic a Steffan eu bod yn gadael, gosod Owain, oedd yn cysgu'n sownd, yn ei grud a chynnig tabled gysgu i mi. Gwrthodais hi, a'r funud roedd hi wedi fy ngadael codais Owain o'i grud i'm côl. Wnaeth o ddim byd ond hanner agor un dwrn bach a'i gau yn ôl a dal ati i gysgu er bod fy nagrau yn disgyn ar ei ben. Dagrau distaw oeddan nhw erbyn hyn, yn llifo'n araf. Dechreuais eu cyfri, eu cyfri fel oeddan nhw'n disgyn bob yn un oddi ar fy wyneb ar ben Owain neu ar gynfas yr ysbyty. Dim ond ugain deigryn ddisgynnodd. Yna fe osodais Owain yn ofalus yn ôl yn ei wely bach, clymu fy ngwallt yn ôl gyda lastig, agor y llenni roedd y nyrs wedi'u cau o amgylch fy ngwely a meddwl tybad lle roedd Meic wedi diflannu.

Fe ymddangosodd Meic ar ôl ychydig, fy nghofleidio, rhedeg ei fys yn ysgafn hyd foch ei fab a dechrau esbonio pa mor dda a rhesymol oedd y bwyd yn ffreutur yr ysbyty lle roedd o wedi bod yn bwyta. Roedd o wedi cael lasagne a sglodion a phys a chacan afal a hufen iâ, ac mi oedd yna ddewis o hufen iâ, fanila neu fefus, ac mi oedd yr holl brofiad fel bod yn ôl yng nghantîn yr ysgol, dim ond ei fod yn well. Ac mi oeddwn i isio iddo fo ddal ati i sôn am hyn am byth fel nad oedd rhaid sôn am ddim byd arall. Ond yna cymerodd ei wynt a throi ata i.

'Wyt ti'n iawn rŵan?'

'Ydi Steffan wedi mynd adra?'

'Ydi.'

'Dw i'n iawn felly.'

Edrychodd Meic yn chwithig.

'Mae'n ddrwg gen i, Efs. Mae Mam a Dad ar eu ffordd, ond mi allwn eu ffonio nhw, deud wrthyn nhw ddod fory falla, mi fysa nhw'n dallt.'

Am hanner eiliad wnes i ddim deall pam ei fod yn cynnig gwneud y ffasiwn beth. Ac yna sylweddoli ei fod yn meddwl nad oeddwn i isio ymwelwyr o gwbl.

'Paid â bod yn wirion. Mi fydd yn braf eu gweld nhw.'

Ac mi oedd yn braf eu gweld nhw. Nhw a'u hanrhegion, anrhegion i Owain a siocled a cherdyn a swigen fawr loyw ('doeddan ni ddim yn siŵr a oedd y sbyty'n caniatáu blodau') i minna. Rhoddais y dillad glas yn domen daclus ar ben fy nghwpwrdd, y wningen glwt yng nghornel y crud plastig a chlymu'r swigen las ac arian i fariau'r gwely fel ei bod yn hedfan uwch fy mhen i ddweud wrth bawb, 'mae gan y ddynas yma hogyn bach a phobl sy'n ei charu.'

'Doedd 'im isio chi,' meddwn yn ystrydebol wrth sylwi fod yna docyn hanner canpunt i'w wario mewn siop fabis efo'r cerdyn.

'Oedd siŵr, Efa. Mae babis yn betha drud, a fo ydi'r unig ŵyr sydd gynnon ni, a ni ydi'r unig nain a thaid sgynno fo.'

'Wel ia, mae hynny'n wir.'

A gwenu am fy mod yn wirioneddol hoff o'r ddau, ac am fy mod yn mwynhau'r teimlad o frad a dial ddaeth wrth ddeud y geiriau.

Steffan

Mi ffoniodd Meic y noson honno.

''Da chi'n daid.'

Dyna'r geiriau ddewisodd o.

Ac er nad oeddwn i wedi meddwl rhyw lawer am y babi a fy mherthynas i efo fo tan hynny mi roddodd y geiriau wefr i mi. Mi oeddwn i isio'i weld, ac isio'i weld o, nid gweld Efa, oeddwn i. Pan gyrhaeddais yr ysbyty roedd Efa'n cysgu ac mi ges i ddal y babi ar fy nglin. Dwn i ddim pryd nes i afael mewn babi bach fel'na ddiwetha. Y gwir ydi nad ydw i erioed wedi gafael mewn babi mor ifanc. Dim ond oriau oed oedd o. Ac yn fychan, fychan. Yna mi ddeffrodd Efa, edrych arna i, a dechrau crio. Ac mi gawsom ein hel oddi yna gan nyrs fach gron ddi-lol – Meic i gael rwbath i'w fyta, Owain i'w grud a finna am adra. Ac mi oeddwn i'n difaru'n syth na fyswn i wedi tynnu llun o'r bychan. I'w ddangos i Sali efallai. Ac i edrych arno fy hun,

Ymddiheuro oedd Meic ar y ffôn, deud nad oedd o'n deall, fy sicrhau y byddai Efa wedi dod ati'i hun ymhen ychydig ddyddiau. Mi wnes i gyd-weld efo fo bod hormonau yn bethau od cyn rhoi'r ffôn i lawr a difaru mwy byth na fyswn i wedi tynnu llun o Owain. Llun bach fel bod gen i rwbath.

Roedd hi wedi gorfod esbonio wrth Meic, wedi gorfod deud wrtho fo, bron mewn geiriau unsill o be oeddwn i'n ei ddallt, nad oedd hi am i mi gael unrhyw gyswllt efo'i mab. Dwn i ddim sawl gwaith y gwnaeth o ddeud nad oedd o'n deall, ac eto, chwarae teg iddo, mi oedd o'n hollol driw iddi hi ac yn cefnogi ei phenderfyniad. Wnes i ddim deud hynny wrtho fo, ond doeddwn i ddim yn synnu. Bron nad oeddwn i'n deall. Mi oeddwn i wedi gweld wyneb Efa y tu ôl i'r dagrau, ac wedi sylweddoli ar y pryd be oedd yn mynd trwy'i meddwl er nad oedd hi'n gallu ei ddweud. Roedd y pum pwys ac owns yna mewn dillad rhy fawr iddo fo wedi torri rhyw argae a doeddwn i ddim yn disgwyl iddi hi 'ddod ati'i hun' chwedl Meic. Dw i'n gyfarwydd efo'r styfnigrwydd yna, yn ei ddeall llawer gwell na Meic yn beryg.

Mi alwodd Sali'n hwyrach ac mi wnes i ddweud wrthi fy mod i'n daid. Mi oeddwn i isio deud wrth rywun, a phwy arall oedd gen i ddweud wrtho? Roedd hi'n amlwg yn hapus fy mod i wedi mynd i'r ysbyty i'w weld. Mi allwn i weld y pwyntiau 'Steffan yn bod fel pawb arall' yn cynyddu. Ond wnes i ddim dweud wrthi nad oedd croeso i mi ei weld o eto. Doeddwn i ddim isio brifo Sali, ei llusgo hi i mewn i'r peth. Troi'r stori wnes i ar ôl ychydig, esgus nad oedd gen i gymaint â hynny o ddiddordeb, esgus nad oeddwn i'n cofio'r manylion.

'Na, sori, dw i ddim yn cofio be oedd ei bwysa fo. Mae o'n fach, fach ond ddim rhy fach.'

'Dynion,' medda hi a fy nghusanu ac yna agor potel o win i ddathlu mod i'n daid. Sali yfodd y rhan fwyaf ohoni, ac aros dros nos am nad oedd hi'n ffit i yrru adra. Ac mi oedd hynny'n gysur. Weithiau mae'n braf edrych ar rywun arall yn cysgu a thrio dynwared rhythm eu hanadlu i weld os gwneith hynny eich suo chithau i drwmgwsg. Mae'n siŵr ei fod wedi gweithio yn y diwedd gan i mi ddeffro tua saith a gweld Sali'n gosod paned ar y bwrdd wrth erchwyn y gwely ac yn deud ei bod wedi bwydo Llwydrew ond bod rhaid iddi hi fynd i ddal trên. Mae'n siŵr ei bod hi wedi dweud i le.

Yfais y te yn araf a theimlo teimladau cymysg y diwrnod

cynt yn diflannu, yr hapusrwydd a'r tristwch, yr ennill a'r colli. Ac yn eu lle daeth rhyw benderfyniad caled. Ond doedd yna ddim brys. Gorffennais y te, codi, edrych ar fy e-byst, bwyta brecwast, cael cawod a gwneud bore o waith. Ar ôl cinio mi es i brynu cerdyn a'i bostio. Yna prynais ddarn o stêc i swper a dychwelyd i'r tŷ a gweithio trwy'r pnawn.

Mi wnes i'r un peth drannoeth, a'r diwrnod ar ôl hynny. Pan oedd Owain yn bedwar diwrnod oed mi ffoniais y tŷ. Meic atebodd. Oedd, mi oedd Efa ac Owain yn iawn, oeddan mi oeddan nhw adra, ond dim ond ers y bore hwnnw.

'Mae'r ddau'n cysgu rŵan, Steffan. Wna i 'mo'u styrbio nhw.'

'Deud mod i'n cofio ati hi. Mi ddo i draw wythnos nesa.'

'Mae gen i ofn ei bod hi'n dal i ddeud 'run peth. Tydi hi ddim isio chi'n rhan o fywyd Owain, medda hi.'

Mi oeddwn i isio gofyn i Meic be oedd ei farn o, ei atgoffa fo ei fod o'n dad i Owain a bod gan dadau hawliau hefyd. Ond brwnt fysa hynny. Tydw i ddim yn ddyn brwnt.

'Mi ffonia i eto fory 'ta.'

A gwbod mod i wedi rhoi'r creadur mewn twll am nad oedd o wedi llwyddo i gael gwared arna i, ac am ei fod wedi cysylltu efo fi yn y lle cyntaf efallai. Yna mi es i brynu anrheg i Owain. Nid tegan meddal na dilledyn, er mod i wedi edrych ar rheini. Mynd i'r oriel fechan sydd newydd agor ym mhen bella'r dref wnes i a phrynu llun. Llun gan artist ifanc na wyddwn i ddim oll amdani. Yr unig beth oedd posib ei adnabod yn y llun oedd afanc bychan yn y gornel isaf oedd yn edrych, fel petai mewn penbleth, ar y lliwiau a'r siapiau uwch ei ben. Ac yng nghanol y lliwiau a'r siapiau roedd geiriau yn edrych fel pe baent wedi eu teipio ar hen gyfrifiadur.

Chwerthin wnaeth Sali pan wnes i ddeud wrthi hi, a gofyn sut fath o lun mae plentyn wythnos oed yn ei werthfawrogi. A'r unig beth allwn i ei ddeud oedd fy mod i am i Owain werthfawrogi a mwynhau anrheg ei daid pan oedd o'n hŷn nag wythnos oed.

'Sopi,' meddai Sali a'i llais hi'n llawn chwerthin cynnes.

Rhyd y Gro

Er i ambell un ddod i edrych ar y tŷ, a'r ystafell ymolchi gyntefig a'r ffordd gul droellog oedd yn arwain yno ddaeth yna neb i fyw at Carys a Lora wedyn. Roedd Carys yn fawr ac yn drwsgl yn codi'r betys olaf o'r ardd a'r tywydd yn oeri.

'Dw i am fynd at Mam.'

Sychodd Lora ei siom oddi ar ei hwyneb mor sydyn â phosib, ond ddim digon sydyn.

'Dw i'n gwbod. Sori. Falla bod gen i ofn, Lora. Ac mae Mam ...'

'Chdi sy'n iawn. Lot gwell na bod yn fama ar dy ben dy hun trwy'r dydd.'

Ac fe dreuliodd Lora'r penwythnos yn helpu Carys i hel ei phethau, a'u llwytho i mewn i'r mini bach, nes bod sysbension hwnnw'n sigo. Eisteddodd y ddwy o flaen y tân yn yfed te mewn ystafell oedd yn od o wag cyn cychwyn ar y daith bedair awr i dŷ mam Carys.

'Ti'n siŵr nad wyt ti isio mynd i'w weld o cyn mynd?' gofynnodd Lora, a doedd dim rhaid iddi hi esbonio pwy oedd y fo.

'Yndw. Siŵr. 'Y mhroblem i ydi hon,' a rhwbiodd Carys ei bol, 'a'i broblem o ydi honna,' a thapiodd ei thalcen.

'A be am dy feddwl di, Carys?'

'Ia, wel, fe fydd rhaid i mi neud 'gora medra i rŵan, bydd? Dw i'n gyfrifol am rywun arall tydw.'

'Dw i am fynd yno ddydd Mercher.'

'Chwarae teg i ti.'

'Dw i ddim yn ochri efo fo o gwbl, cofia. Dw i'n dal i feddwl ei fod o wedi dy drin di fel cachu. A dw i wedi deud wrtho fo. Hyd yn oed rŵan.'

Cododd Carys ei sgwyddau a soniwyd dim mwy amdano fo. Rhoddwyd y cwpanau gweigion yn y sinc ac aeth y ddwy allan at y car. Trodd Carys i edrych yn ôl ar y tŷ.

'Falla do i 'nôl wedi mi gael fy nhraed 'dana, sti. Arfar efo petha.'

'Dw i ddim yn meddwl y bydda i'n aros yma, sti.'

''Nôl ffor'ma oeddwn i'n feddwl. Nid yn ôl i Ryd y Gro.'

Efa

Taswn i wedi agor y cardia y bore hwnnw mi fydda fo wedi cael mynd yn syth i'r bin. Ond mi oeddwn i'n bwydo Now pan ddaethon nhw â'r post rownd y ward, ac felly Meic agorodd y pedair amlen. Fe sychodd y jam oddi ar y gyllell oedd yn dal ar y bwrdd bach ers amser brecwast a'u hagor yn ofalus gan eu darllen yn uchel i mi cyn eu gosod ar y cortyn oedd yn crogi uwchben y gwely – Anti Bet, Lora 'a phawb o'r criw yn fama', Marged a Gavin (atgoffais Meic pwy oedd Marged – gwallt hir melyn, disgwyl ei babi hitha mewn rhyw fis, cofio?). Nodiodd Meic wrth agor yr amlen olaf.

'Llongyfarchiadau a chariad oddi wrth Steffan.'

A chyn i mi gael cyfle i ddweud dim byd roedd o wedi'i osod efo'r lleill. Mi oeddwn i isio mynnu ei fod yn ei dynnu i lawr a'i roi yn y bin. A gadael i mi ei rwygo yn filoedd o ddarnau mân cyn ei roi yn y bin. Ond mi oeddwn i'n gwbod y byddai Meic yn gofyn pam a doedd gen i ddim ateb clir a chall. Felly fe adawyd y cerdyn yno. Dim ond un o blith degau oedd o, ac mi oedd o'r un cynllun â dau arall, ond mi oeddwn i'n gwbod lle oedd o, yn gwbod pa un oedd cerdyn Steffan.

Wedyn, ar ôl i Meic fynd ac Owain yn cysgu, mi wnes i drio creu ateb twt, ateb a fyddai'n bodloni pawb – Meic, fi, yr Owain pedair ar ddeg. Llwyddais i greu ychydig frawddegau rhesymol oedd yn esbonio mai isio amddiffyn Owain oeddwn i, ei amddiffyn rhag dyn anwadal, dyn nad oedd yn y bôn yn gallu caru plant. Ac eto mi oeddwn i'n gwbod nad dyna oedd y gwir. Rhan o'r gwir falla, ond nid y gwir i gyd.

Ond heblaw am y cerdyn wnaeth Steffan ddim cysylltu ac yng nghanol bwrlwm ffrindiau'n ymweld a thecstio, a newydd-deb Owain, roedd hi reit hawdd anghofio amdano'r rhan fwyaf o'r amser. Ond mi oeddwn i'n meddwl dipyn am Mam. Ac os oeddwn i'n meddwl am Mam yn dod yn fam, yn fy ngeni i, yna mi oedd Steffan yn mynnu gwthio'i hun i mewn i 'mhen i.

Am fod Owain chydig yn gynnar fe gadwyd ni yn yr ysbyty am dridiau ac yna mi oeddwn i adra, ac roedd yna dri o bobl yn byw yn ein tŷ ni. Ac mi oedd o fel 'sa 'na dri o bobl wedi byw yno erioed. Nid nad oeddan ni'n rhyfeddu at Owain, yn rhyfeddu ynglŷn â phopeth amdano. Ond mi oedd o fel 'sa fo wedi bod yno erioed hefyd.

Mi ffoniodd Steffan y diwrnod nes i ddod adra. Wn i ddim sut oedd o'n gwbod. Efallai nad oedd o'n gwbod. Ond Meic atebodd y ffôn a wnaeth o ddim siarad efo fo am hir. Mi glywis i o'n deud mod i ac Owain yn cysgu ac yna mi es i eistedd o flaen y teledu ac ymhen dim roedd Meic yna efo fi.

'Ddudist ti wrtho fo nad ydw i isio fo'n rhan o fywyd Owain?'

'Do.'

A rhoddodd Meic ei fraich o fy amgylch a gadael i mi orffwys fy mhen ar ei ysgwydd a rhyw hanner pendwmpian nes ei bod hi'n amser rhoi bwyd i Owain unwaith eto.

Ddeuddydd wedyn daeth cnoc ar y drws. Roedd Meic wedi picio allan i nôl llefrith ac ambell i beth arall ac mi oeddwn i'n dal yn fy ngŵn wisgo ac Owain, er ei fod wedi cael clwt glân a llond ei fol o fwyd, yn cnewian yn anniddig. Cerdded 'nôl ac ymlaen yn hanner canu 'Yellow Submarine' oeddwn i pan ddaeth y gnoc ar y drws.

Bu bron i mi gau'r drws yn glep pan welis i Steffan yn sefyll yno. Ond mi edrychis i ar ei wyneb o. Doedd o ddim yn edrych arna i o gwbl, dim ond edrych ar Owain yn gorffwys yn erbyn fy ysgwydd yn hanner crio. Ac allwn i ddim yn fy myw ddarllen yr hyn oedd yn mynd trwy'i feddwl. Dyna pam wnes i betruso, un llaw ar y drws a'r llaw arall yn dal Owain.

'Ga i ddod mewn, Efa?'

Oedais am funud.

'Plis?'

'Dim ond am funud, Steffan. Dim ond am funud.'

Arweiniais y ffordd i'r gegin ond wnes i ddim cynnig paned. Roedd Owain yn dal i grio.

'Mae rhaid mi ddal ati i gerdded. Mae o'n setlo'n well felly. Mi gysgith mewn munud.'

Eisteddodd Steffan ar gadair galed wrth y bwrdd, ond wnaeth o ddim deud dim byd. Dim ond fy ngwylio i'n cerdded 'nôl ac ymlaen am chydig funudau nes bod Owain wedi tawelu a syrthio i gysgu. Ac wedyn doedd gen i ddim dewis ond rhoi sylw i Steffan. Eisteddais innau ar un o'r cadeiriau wrth y bwrdd, gyferbyn â Steffan. Cadwais Owain ar fy nglin yn hytrach na'i roi yn ei grud. Falla mod i'n teimlo bod angen ei amddiffyn, falla mod i'n teimlo mai fo oedd yn fy amddiffyn i.

Steffan

Mi oeddwn i'n gallu gweld yr eironi wrth gwrs. Ychydig fisoedd yn ôl fi oedd yn trio cau Efa allan o fy mywyd, yn trio dod â'r cyswllt i ben gydag e-bost moel a phendant. Heddiw mi oeddwn i'n sefyll ar riniog ei drws yn gofyn 'plis?'

Mi adawodd hi fi i mewn i'r tŷ ac ar ôl i'r bychan dawelu a syrthio i gysgu fe eisteddodd y ddau ohonom un bob ochr i'r bwrdd yn dweud dim am sbel. Mi oeddwn i'n gobeithio y bysa hi'n esbonio pam nad oedd hi am gael mwy o gyswllt efo fi. Efallai ei bod hi'n gobeithio y byswn i'n esbonio pam fod cyswllt efo Owain yn bwysig, yn ddigon pwysig i mi sefyll wrth y drws yn gofyn 'plis?' Ond doedd neb yn fodlon dechrau'r sgwrs.

Tynnais fy llygaid oddi wrth Owain ac edrych ar Efa. Roedd hi'n dal yn ei gŵn wisgo ac yn edrych yn flinedig a'r gwallt coch trawiadol yn gudynnau blêr.

'Fysa ti'n licio i mi neud panad i ti?'

'Does 'na ddim llefrith. Wedi mynd allan i nôl llefrith mae Meic, mi fydd o'n ôl mewn munud.'

Mi oeddwn i ar fin deud mai coffi du dw i'n ei yfed, ond roedd hynny'n swnio'n wirion ac fe oedais.

'Deud be sgen ti i'w ddeud, Steffan.'

'Chdi gynta.'

Edrychodd Efa arna i'n syn. Ond dim ond am eiliad wnaeth hi edrych i fy llygaid cyn troi yn ôl i edrych ar y babi bach, bach yn cysgu ar ei glin.

'Chdi gynta,' medda fi eto. 'Esbonia di pam dwyt ti ddim isio i mi neud dim byd efo Owain.'

Wnaeth hi 'mo'n ateb i. Dim ond eistedd yno heb wenu

na gwgu. Gyda'i llaw rydd dechreuodd dacluso'r llestri brecwast budr oedd ar y bwrdd, ond eu symud nhw'n ddiamcan braidd oedd hi. Dim ond gwthio pethau yn nes at ei gilydd.

'Dw i'n haeddu esboniad, Efa. Dw i'n haeddu gymaint â hynny, tydw?'

'Ddim hanner cymaint ag yr ydw i'n haeddu esboniad.'

Doedd hi ddim yn gweiddi arna i, ond mi oeddwn i'n gwbod yn iawn pe na fyddai ganddi fabi'n cysgu ar ei glin mai gweiddi arna i fysa hi. Ac mi oedd hi'n iawn wrth gwrs. Ond allwn i ddim, allwn i ddim bargeinio un stori am un arall. Beth petai fy stori i ddim digon da? Beth petai fy stori i'n gwneud petha'n waeth?

'Gad i mi ddod i'w nabod o. Dw i ddim yn ddyn drwg, sti.'

Ac mi oeddwn i'n casáu clywed fy hun yn siarad fel hyn.

Cyn i Efa allu fy ateb daeth Meic adref. Roedd o'n amlwg wedi'i synnu i 'ngweld i yno yn eistedd wrth fwrdd y gegin, ond does 'na ddim byd yn styrbio rhyw lawer ar Meic. Rhoddodd y tegell i ferwi a dechrau cadw'r neges roedd o wedi'i brynu, ac Efa a finna'n eistedd yno heb ddeud gair.

'Panad, Steffan?'

'Mae Steffan ar fin gadael.'

Am eiliad ystyriais ddadlau, ond dim ond am eiliad. Roedd Meic yn sefyll y tu ôl i Efa a gwenodd arna i am eiliad, gwên na allai Efa'i gweld, hanner gwên o gydymdeimlad. Ond doedd yr un ohonom yn fodlon herio Efa, felly codi wnes i. A'r cwbl oedd yn mynd trwy fy meddwl wrth i mi gerdded oddi wrth y tŷ oedd 'Ti wedi'i neud o eto, Steffan. Ti wedi'i neud o eto.' Fe fu bron i mi droi'n ôl, ond yr unig beth wnes i oedd oedi am funud cyn agor drws y car. Ond ei agor o wnes i, eistedd y tu ôl i'r llyw a gyrru adra. Adra lle nad oedd neb ond Llwydrew a sgrin cyfrifiadur. Weithiau mae gwaith yn gysur.

Mi ffoniodd Sali gyda'r nos. Doedd hi ddim yn siŵr a fyddai hi'n 'nôl nos Wener neu beidio ac mae'n rhaid mod i wedi swnio'n siomedig. Dim ond am eiliad.

'Wyt ti'n iawn, Steff?'

'Yndw, tad.'

'Be sydd?'

Dw i'n casáu pobl sy'n fy adnabod. Gwadu bod yna unrhyw beth yn bod wnes i wedyn, ac fe adawodd Sali i mi fod. Wedyn, ar ôl i mi roi'r ffôn yn ei grud ac eistedd yn y gadair esmwyth mi oeddwn i'n difaru. Rhythais ar y ffôn a chwffio ysfa i'w ffonio hi'n ôl, cyn codi a mynd 'nôl fyny grisiau, eistedd o flaen y sgrin ddistaw a sgwennu. Mi oeddwn i wedi dechra sgwennu ffuglen. Tydw i ddim yn arfer sgwennu ffuglen, nid felly dw i'n gwneud fy mywoliaeth. Straeon gwir, bywgraffiadau ran fwyaf, wedi'u sgwennu'n gelfydd ydi fy maes. Ymestyn ychydig ar stori dda weithia, newid trefn ambell ddigwyddiad weithia er mwyn i bethau lifo'n rhwyddach, hepgor ambell gymeriad nad oedd yn ymddangos yn wir berthnasol. Ond dim mwy na hynny. Y gwir, fwy neu lai yr holl wir a dim llawer mwy na'r gwir yw cynnwys fy llyfrau wedi bod ar hyd y blynyddoedd. Ond ers rhyw ychydig mi oeddwn i wedi bod yn ysgrifennu ffuglen, straeon byrion, a hyd yn hyn roedd yna elfen o hud a lledrith neu swrealaeth ym mhob un. Roeddwn wedi dechrau ers cyn i Owain gael ei eni, a rhoddais ochenaid o ryddhad wrth sylweddoli hynny. Nid y babi 'ma oedd wedi fy newid. Nid person arall oedd wedi fy ngwthio i fydoedd dychmygol, newid yndda i oedd o.

Anfonais fy mhrif gymeriad yn ôl i'r ogof i siarad efo'r ystlumod eto, a mwynhau'r rhyddid pur a ddeilliai o beidio cael tomen o lyfrau pobl eraill ar fy nesg i fy arwain. Doedd dim angen gwirio unrhyw ffaith. Dim ond fi a chyfrifiadur yn rhoi i mi'r gallu i reoli byd nad oedd yn bod, ac na fu ac na fyddai. Yno y byswn i wedi bod heblaw bod Llwydrew a'i hangen diddychymyg am fwyd wedi fy llusgo yn ôl i'r byd arall hwnnw lle roedd hi a Sali ac Owain ac Efa'n byw.

Efa

'Pam, Efa?'

Ond cyn i mi gael cyfle i ateb Meic fe gerddodd Lora i mewn i'r tŷ. Dod i mewn heb gnocio na dim, dim ond rhyw 'Iw-hw!' o ran cwrteisi.

'Bore da, deulu bach.'

Gallwn ei gweld yn edrych ar bopeth yn y gegin – y llestri budron, fi yn fy ngŵn wisgo, Meic yn amlwg ddim cweit yn hapus. Ond dim ond am hanner eiliad edrychodd hi.

'Wel, Now,' meddai wrth y lwmp oedd yn cysgu ar fy nglin, 'bryd i ti gael dipyn o fwytha gan dy Anti Lora.'

A chyn i mi allu dweud dim byd roedd hi wedi cipio Owain a mynd i eistedd yn y gadair esmwyth ger y Rayburn.

'Mi fedra i fod yma am ddigon hir i ti gael cawod sydyn.'

Fyswn i ddim wedi meiddio anufuddhau. Codais a mynd i sefyll o dan y dŵr poeth ac am ddeg munud roedd y llifeiriant a'r llenni plastig yn fur rhwng y byd a finna. Roedd yna fedr sgwâr o'r ddaear lle nad oedd yna neb arall yn bod – dim Owain, dim Meic, dim Steffan. Ac o fewn y fedr sgwâr llawn trochion persawrus yma nid oedd Mam erioed wedi bodoli chwaith.

Ond allwn i ddim aros yno am byth. Roedd angen grym ewyllys i ddiffodd y dŵr, ond fe wnes. Ac yna camu allan, sychu fy hun, gwisgo dillad glân a mynd yn ôl i'r gegin. Yno roedd Owain bellach yn cysgu yn ei grud, Meic yn golchi llestri a Lora'n eu sychu, ac am reswm nad oeddwn yn ei ddeall roedd yna emyn Saesneg ar y radio. Dyna sut mae'r cyfnod yna, yr wythnosau ar ôl geni Owain, yn ymddangos i mi rŵan – cyfres o bethau nad oeddwn i cweit yn eu deall. Efallai nad emyn Saesneg oedd hi.

'Panad, Lora?' Am wn i mai fi ofynnodd hynny. Mae'n bosib mai Lora gynigiodd banad i mi. Ta waeth, fe eisteddodd y ddwy ohonom wrth y bwrdd a phot mawr o goffi rhyngddom. Roedd Meic wedi'n gadael, wedi tollti llond mŵg o goffi iddo fo'i hun a mynd i'r stafell arall heb lawer o esboniad.

'Steffan welis i'n gadael fel oeddwn i'n cyrraedd?'

Am eiliad bu bron i mi wadu wrth Lora mai fo oedd o. Ond wnes i ddim.

'Bosib,' meddwn. 'Roedd o newydd fynd o' ma.'

'Mae 'na lawer i ddyn yn well taid na thad, sti.'

Gallwn deimlo fy ngwrychyn yn codi. 'Be mae Meic wedi bod yn ddeud wrtha chi?'

'Dy fod ti'n gwrthod gadael i Steffan gael cyswllt efo Owain.'

'Gwir.'

Tolltais fwy o goffi i'r ddwy ohonom.

'Be arall ddudodd o?'

'Nad oedd o'n dallt pam.'

Mi oeddwn i'n gwbod mod i'n edrych fel hogan bwdlyd yn ei harddega. Gwnes fy ngora i wneud wyneb oedolyn, ond plentyn oedd y tu mewn i mi. Plentyn blin. Plentyn wedi brifo.

'Tydi o ddim byd i neud efo Meic.'

Ac mi oeddwn i'n gwbod wrth ei ddweud ei fod o'n sylw hurt a hollol annheg. Ac roedd Lora ddigon call i'w anwybyddu.

'Wyt ti'n dallt pam dy fod yn gwneud hyn, Efa?'

'Tydi o erioed 'di deud sori, 'chi. Ddim un waith. Felly

tydi o ddim yn meddwl ei fod wedi gwneud dim byd o'i le.
Felly falla neith o neud 'run peth eto.'

'Doedd Steff erioed yn un da am ymddiheuro. Falla dy
fod ti'n disgwyl gormod.'

Ac mi wnes i drio esbonio sut oeddwn i isio i betha fod yn
iawn i Owain, yn iawn ac yn normal ac yn saff. Sut oeddwn
i isio iddo fo gael sicrwydd o dad yna trwy'r amser a mam
gall y gallai o ddibynnu arni hi.

'A the bach maethlon bob diwrnod pan fydd o'n dod
adref o'r ysgol?' holodd Lora a oedd yn gwbod yn iawn y
gallwn i fod wedi cyrraedd adref i lond plât o grempog ac
ysgytlaeth siocled cartref un diwrnod a chyfarwyddyd i
edrych fy hun a oedd yna rwbath yn y cwpwrdd drannoeth.

'Nid bai Steffan oedd popeth, sti.'

Doeddwn i ddim isio trafod hyn. Doeddwn i ddim isio
meddwl be fyddai wedi bod yn wahanol, na meddwl ar bwy
oedd y bai.

'Mwy o goffi, Lora?'

Gadawodd Lora i mi fynd i neud y coffi ac yna
ailddechrau.

'Ac mae o wedi gwirioni efo Owain.'

'Ydi Steffan wedi bod yn siarad efo chi? Yn gofyn i chi
fusnesu?'

Doedd dim rhaid iddi hi ateb. Codais oddi wrth y bwrdd
yn wyllt gan daro fy mwg coffi i'r llawr.

'Be oedd o? Pwyllgor? Y tri ohonach chi'n cyfarfod i
drafod sut i ddelio efo Efa druan sydd ddim cweit yn iawn
ar ôl cael y babi? Wel magwch chi o 'ta! Hen ferch sydd
yn meddwl am ddim byd ond ei gwaith, dyn nath adal ei
blentyn ei hun, a hwnna,' pwyntiais at y drws a guddiai
Meic, 'hwnna sydd wedi cael plentyndod mor berffaith fysa

178

fo ddim yn gallu delio efo unrhyw beth yn mynd o'i le. Siŵr newch chi joban wych.'

Cipiais gôt oddi ar y bacha wrth y drws ffrynt a rhoi coblyn o glep i'r drws y tu ôl i mi. A cherdded a cherdded a cherdded. Cerdded fel dynas wyllt gan ddewis llwybrau garw, mwdlyd, serth.

Mi oeddwn i'n ôl ymhen dwyawr, fy mronnau'n diferu llefrith a fy nagrau wedi sychu. Rhoddais gôt Meic yn ôl ar y bachyn a chamu i'r gegin. Doedd dim golwg o Meic ond roedd Lora yno yn trio'n aflwyddiannus i gysuro Owain. Roedd o'n crio go iawn, doeddwn i erioed wedi ei glywed yn crio felly o'r blaen. Ond doedd o, 'ngwas i, erioed wedi bod yn llwglyd fel hyn. Wnes i na Lora ddweud gair. Eisteddais yn y gadair wrth y Rayburn i fwydo Owain a'r twrw torcalonnus yn peidio'r eiliad y teimlodd y deth yn ei geg. Y tu ôl i mi gallwn glywed Lora'n ffonio Meic.

'Mae hi wedi dod adra.'

Gorffwysais fy nhraed yn erbyn y Rayburn i'w cynhesu.

Steffan

Doedd Lora'n newid dim. Unwaith roedd hi'n teimlo bod rhywun angen ei help, mai hi oedd yr un a allai wneud pethau'n well, doedd hi ddim yn gallu gwrthod.

'Mi hola i hi fory. Dyna'r cwbl fedra i neud, Steffan.'

Wn i ddim a oedd hi'n sylweddoli pa mor anodd oedd o wedi bod i mi ddod ati hi a gofyn cymwynas. Roeddwn i wedi bod yn poeni y byddai hi'n holi mwy arna i, isio gwbod am bethau nad oeddwn i am sôn amdanynt. Ac mi oedd gen i ofn y byddai hi'n fwy beirniadol. Ond wnaeth hi ddim holi na beirniadu, dim ond gwrando a dweud y byddai'n holi Efa.

'Wna i ddim trio'i pherswadio i newid ei meddwl. Ti'n dallt hynny'n dwyt? Ond os bysa esboniad yn ei gwneud yn haws i ti dderbyn y peth …'

Ac fe adawyd y sgwrs yn fanna. Chwarae teg i Lora, mi wnaeth banad ac fe eisteddodd y ddau ohonom am awr a mwy yn sgwrsio am hyn a'r llall. Atgofion diniwed yn bennaf. Doedd hithau erioed wedi bod yn ôl i Ryd y Gro.

Difrifolodd am ennyd. 'Yn y gorffennol mae Rhyd y Gro, Steffan.'

Nodiais. Gwenais. Ond doeddwn i ddim yn siŵr a oeddwn i'n cyd-weld. Ers geni Owain roedd Rhyd y Gro yn nes nag y bu, yn rhy agos. Symudais y sgwrs yn ei blaen trwy sôn am Sali a synnu mod i'n swnio mor frwdfrydig amdani. Am eiliad mi wnes i hyd yn oed ddifaru nad oedd gen i lun i'w ddangos i Lora. Y noson honno fi ffoniodd Sali. Eto, wnes i ddim cyfadda wrthi hi nad oeddwn i'n cael gweld fy ŵyr. Mi fyddai hi wedi gofyn 'Pam?', ac fe fyddai hynny wedi bod yn anodd ei ateb. Derbyniais gerydd ysgafn am nad oeddwn wedi bod draw i'w weld.

'Rhaid i ti fynd, Steff. Dw i adra penwythnos nesa, mi ddo i efo chdi. Dw i wedi prynu côt fach las ddela welist ti erioed.'

Oedd, wrth gwrs, roedd hi wedi prynu côt fach las, y ddela welwyd erioed a honno efo llunia eliffantod arni. Neu efallai mai eirth oeddan nhw. Eirth yn ysgyrnu ar Taid ac eliffantod yn cofio popeth.

'Gawn ni weld. Mae Efa reit flinedig, dw i'n credu.'

Ac yna troi'r stori fel dw i'n gallu'i neud mor ddeheuig. A'r noson honno, er bod Llwydrew wrth fy nhraed yn rhywle, roedd y gwely'n teimlo braidd yn fawr a braidd yn oer. A rhwng hynny a rhyw fymryn o boen mi ges i drafferth cysgu. Ac yna cysgu o'r diwedd a chysgu'n hwyr, ac mi oedd hi bron yn amser cinio cyn i mi eistedd wrth fy nesg a suddo i fyd fy storïau. Storïau nad oedd gen i gyhoeddwr ar eu cyfer.

'Maen nhw mor wahanol i be 'da chi'n arfer sgwennu, mi fydd angen gweld dwy neu dair.'

Roedd eu diffyg ffydd yn fy ngwylltio ac eto doedd dim allwn i ei wneud ond ceisio profi fy hun. Wnes i ddim sgwennu am hir cyn neidio i'r car a mynd i dŷ Efa, ond er iddi hi fy ngadael i mewn am chydig ches i ddim croeso. Dw i'n credu i mi weld Lora'n dod i fy nghwrdd wrth i mi yrru oddi yno. Mi ddylwn i fod wedi bod yn fwy amyneddgar a rhoi cyfle iddi hi gael gair efo Efa cyn i mi alw. Ddiwedd y pnawn, cyn diffodd y peiriant a mynd i baratoi swper, anfonais e-bost at Efa'n gofyn am gael cwrdd eto. A bron yn syth daeth ateb. 'Ddim diolch.'

Eisteddais yn hanner gwrando ar y radio trwy'r gyda'r

nos, yn byta caws ar dost ac yfed gwin, heb ynni i ddarllen hyd yn oed. Ac fe anfonais e-bost arall drannoeth. Deud fy mod i'n fodlon ateb ei chwestiynau, yn fodlon rhoi stori iddi hi heb ddisgwyl na stori nac esboniad yn ôl. Awgrymais gyfarfod mewn lle penodol ac fe weithiodd.

'O'r gora. Cyfarfod unwaith.'

Ac fe wnaeth hi gynnig dyddiad. Dyddiad oedd wythnos gyfan i ffwrdd.

Rhyd y Gro

Mae'n siŵr ei fod yn beth da mai Lora oedd yr olaf i adael.
Fyddai 'run o'r tri arall wedi gwneud pethau fel nodi'r rhifau
ar y mitar trydan a chysylltu efo'r perchennog, oedd yn byw
yn ne Lloegr, i ofyn be ddylid ei wneud efo'r goriad. Roedd
hi wedi bwriadu rhoi sgwrfa iawn i'r lle a'i adael yn lân a
thaclus ond wrth gerdded o gwmpas y bore olaf hwnnw daeth
ton o iselder a difaterwch drosti. Wnaeth hi ddim rhoi'r celfi
gardd roedd Carys ar ganol eu defnyddio yn dwt yn y sied, dim
ond eu gadael allan i rydu yn y pridd a'r chwyn. A wnaeth hi
ddim clirio'r holl bethau, y papurau a'r llyfrau a'r dillad,
roedd Steffan wedi'u gadael. Wyddai hi ddim be i'w neud efo
nhw. Doedd hi heb fynd i'r ysbyty wedyn, a go brin y bysa hi
wedi cael ateb call gan Steffan petai hi wedi mynd. Felly
be oedd pwrpas eu rhoi i gyd mewn bocs? Doedd yna ddim i
ddangos fod Rhydian Gwyn erioed wedi byw yno, ac fe roddodd
Lora ei holl eiddo hithau yn y mini bach rhydlyd. A dyna fo.

Efa

Mi oeddwn i'n difaru wedyn. Difaru mod i wedi cyd-weld i gyfarfod â Steffan, a difaru dewis dyddiad oedd wythnos gyfan i ffwrdd. Mi fyddai wedi bod yn well ei wneud yn syth a gorffen efo fo. Fyddai gen i ddim amser i feddwl am y peth petawn i wedi gwneud hynny. Ond mae saith diwrnod yn amser hir ac roeddwn i'n methu anghofio am y cyfarfod. Ar ôl chydig ddyddia mi wnes i ddeud wrth Meic mod i wedi cyd-weld i gyfarfod Steffan, i gael sgwrs efo fo, neu o leia i wrando ar yr hyn oedd ganddo i'w ddeud.

'Dw i'n meddwl dy fod ti'n gwneud y peth iawn,' medda hwnnw. Ac mi oedd hynny, wrth gwrs yn gwneud i mi ama'n gryf a oeddwn i'n gwneud y peth iawn. Yna mi alwodd Lora ac mi oedd hitha'n amlwg yn falch mod i wedi trefnu i weld Steffan.

'Pam 'da chi mor falch mod i'n mynd i'w gyfarfod o?' gofynnais yn amheus gan dorri darn arall o'r gacen lemwn roedd Lora wedi dod efo hi.

Edrychodd Lora'n annifyr am funud, a thorri darn o gacen iddi hi'i hun er ei bod wedi gwrthod darn eiliad ynghynt.

'Cywreinrwydd falla. Wnes i erioed ddallt yn iawn be ddigwyddodd. Mi ddudodd Carys na fydda fo'n rhan o dy fagu di. Roedd hi fel 'sa hi'n derbyn y peth. Ac yna ...'

Oedodd am funud a llyfu'i bys lle roedd darn o'r hufen o'r gacen wedi glynu.

'Ond dw i'n meddwl dy fod ti'n neud y peth iawn,' medda hitha, fel Meic, heb orffen y frawddeg oedd yn dechrau efo 'Ac yna ...'

Ac wrth i mi roi Now bach yn ei gadair yn y car yn barod

i fynd i weld Steffan, dyma finna'n deud wrtho fynta fy mod i'n meddwl ein bod ni'n neud y peth iawn. Ond ar y gair 'meddwl' oedd y pwyslais gen i. Mi oeddwn i 'mhell o fod yn sicr mod i'n gwneud y peth iawn. Edrychodd Now arna i fel tasa fo'n dallt bob dim ac yn cyd-weld efo popeth roeddwn i'n ei ddeud.

'Ti ddim yn dallt, mêt.'

Caeodd Now ei lygaid, ei fyd o ddim mwy na chlwt glân a chynhesrwydd y car a sŵn yr injan. Roedd yna bron awr o waith gyrru i gyrraedd y dref lan môr roedd Steffan wedi'i hawgrymu. Wn i ddim pam nath o ddewis fanno. Ond mi oedd yn rhywle nad oeddwn i'n gyfarwydd â fo, nad oedd yn rhan o fy hanes mewn unrhyw ffordd, lle na fyddai o bwys petawn i'n dewis peidio mynd yno byth eto a lle nad oeddwn i'n debygol o weld neb oedd yn fy adnabod. Oherwydd hynny i gyd mi wnes i dderbyn yr awgrym.

Yr holl ffordd yna roeddwn i'n dychmygu sgyrsiau posib. Ac yna unwaith y byddai sgwrs ddychmygol yn dechrau yn fy mhen mi fyddwn i'n dod â hi i ben yn syth. Doedd dim pwrpas dychmygu be fyddai gan Steffan i'w ddeud. Dw i'n cofio difaru na fyswn i wedi cael Now i arfer efo derbyn llefrith o botel. Mi fyddai wedi bod yn bosib ei adael adra wedyn. Ond mi oeddwn i hefyd ei angen o efo fi. Dau ohonon ni a dim ond un o Steffan.

'Rhaid i ti ochri efo dy fam,' meddwn wrth y babi, 'a ti'n dallt mai hwn fydd y tro ola i ti weld dy daid, yn dwyt?'

Crychodd Now ei dalcen yn ei gwsg.

'Mwya tebyg,' ychwanegais cyn rhoi'r radio 'mlaen a gwneud fy nghora i ganolbwyntio ar sgwrs gyda dynas oedd wedi mynd â syrcas i Irac. Roedd ei brwdfrydedd wrth sôn am blant oedd wedi gweld ffasiwn erchyllterau yn chwerthin am y tro cyntaf ers misoedd yn heintus ac yn fy nhynnu i mewn i fyd arall ymhell oddi wrth fy mhroblemau i. Fe ddaeth y sgwrs i ben wrth i mi gyrraedd y maes parcio wrth y môr. Mi oeddwn i hanner awr yn gynnar. Aeth y gyflwynwraig yn ei blaen i sgwrsio efo dyn oedd yn ymgyrchu i gadw'i lyfrgell leol yn agored, ond doedd o na'i bwnc yn ddigon i ddenu fy sylw fel y gwnaeth y clown yn Irac ac mi oeddwn i'n falch pan ddeffrodd Owain, yn amlwg isio bwyd a chlwt glân. Llwyddais i ganolbwyntio ar ei sugno awchus am chydig, ar wneud yn siŵr ei fod yn lân a chyfforddus ac yna canolbwyntio ar gerdded yr ychydig gamau o'r car i'r bin sbwriel a'r gwylanod yn hedfan i fy nghyfeiriad ac yna'n troi'n ôl yn siomedig wrth sylweddoli nad oedd gen i ddim byd ond clwt budr yn fy llaw.

Erbyn i mi ddychwelyd i'r car roedd Now yn cysgu eto a'r dyn oedd yn poeni am ei lyfrgell wedi tewi. Ystyriais y gallwn i adael y maes parcio. Mi allwn i yrru i ffwrdd cyn i Steffan gyrraedd. Dychmygais o'n eistedd yno yn edrych ar y gwylanod ac yn edrych ar ei oriawr. Am faint fysa fo'n aros tybad – chwarter awr, hanner awr? Gorffwysais fy llaw ar oriad y car ac ymladd y demtasiwn, ond cyn i mi gael cyfle i wneud dim byd gwelais gar Steffan yn troi i mewn i'r maes parcio. Mi barciodd ychydig oddi wrtha i a cherdded tuag atom. Edrychais arno am funud a thrio gweld y dyn difyr roeddwn i wedi dod yn ffrindia efo fo. Mi welis i hwnnw am eiliad, ond yna mi oeddwn i unwaith eto'n sicr fod rhaid i mi amddiffyn Now oddi wrth y dyn yma oedd wedi gadael fy mam a'm gadael inna.

'Tyd, Now,' meddwn gan godi'r gadair fach a'i ffitio i ffrâm y goits, 'dw i wedi gaddo gwrando arno fo'n do? Mi gadwa i 'ngair.'

Steffan

Roedd Owain yn cysgu yn ei goits ac yn cael ei bowlio o'n blaenau a ninnau'n dau yn cerdded yn yr haul ar hyd y prom. Gair od ydi prom, ond dyna oedd o – palmant llydan uwchben y traeth yn ymestyn o un pen i'r bae i'r llall, hanner cylch bron a thua milltir o hyd, ychydig mwy efallai. Trwy e-bost oeddwn i wedi perswadio Efa i fy nghyfarfod yno, sawl e-bost. A rŵan mi oeddan ni yn y dref lan môr hen ffasiwn 'ma, tref a oedd wedi gweld dyddiau gwell a finnau'n gwbod bod gen i hyd at ben pella'r bae i'w pherswadio y dylwn i fod yn rhan o fywyd Owain. Doeddwn i ddim yn siŵr pam mod i wedi awgrymu cyfarfod yn fanno, lle nad oedd yn golygu'r un dim i mi, ond mi oedd Efa wedi cyd-weld. Efallai iddi hi gyd-weld am nad oedd yn lle o bwys iddi hithau chwaith.

Ar ôl deud helo yn y maes parcio bychan ddwedodd Efa ddim gair arall, dim ond dechrau cerdded gan ddisgwyl, am wn i, i mi gydgerdded efo hi. Mi wnes, wrth gwrs, ac mae'n debyg ein bod ni'n edrych fel tair cenhedlaeth gytûn yn mwynhau'r haul, taid a mam yn mwynhau babi newydd, ac yn ddigon cyfforddus yng nghwni'i gilydd i beidio gorfod siarad.

Ond roedd pen pella'r bae yn dod yn nes fesul cam a finna'n dweud dim. Dechrau pethau sy'n anodd ac roedd hi'n anodd iawn gwbod sut i ddechrau esbonio wrth Efa. Dw i'n ei chael yn anodd i ddechrau llyfr, ac yn aml tydw i ddim yn ei ddechrau yn y dechrau ond yn hytrach yn sgwennu darn fydd yn mynd i'r canol neu hyd yn oed yn y diwedd.

'Mi oeddwn i'n sicr mod i wedi gwneud y peth iawn, sti, Efa. Rhaid i ti gredu hynny.'

Ddwedodd hi ddim byd am ychydig, dim ond dal i gerdded tuag at ben pella'r bae. Yna mi stopiodd am eiliad a throi ata i.

'Y peth ydi, Steffan, dw i ddim yn gwbod be wnest ti. Dw i ond yn gwbod be wnest ti ddim ei wneud.'

Ac ailddechreuodd gerdded.

'Mi oeddwn i'n credu …' dechreuais, ac yna oedi. Efallai nad oedd o bwys be oeddwn i'n gredu ar y pryd, efallai mai ond cadarnhau ffeithiau moel y stori oedd angen ei wneud. Nid fy ngwaith i fyddai dehongli a phenderfynu.

'Be ddudodd Carys wrthat ti amdana i?'

'Dim.'

'Dim byd o gwbl?'

'Dim byd o gwbl. Mi wnes i holi pan oeddwn i'n fach, ond ches i ddim gwbod dim byd. Dim byd da, na dim byd drwg chwaith.'

Mi gerddodd y ddau ohonom yn ein blaenau am ychydig mewn distawrwydd.

'Fedra i ddim dychmygu Meic yn gadael Owain,' meddai Efa ymhen munud neu ddau.

'Wyt ti'n siŵr? Falla mai dyna sy'n dy boeni di? Fy mod i'n brawf o ba mor hawdd ydi hi i dad fynd, diflannu am byth, cael dim cyswllt.'

Stwyriodd Owain yn ei gwsg. Gwgodd ei fam, ac roedd gen i bechod drosti.

'Mi fyddwch chi'n iawn, sti, Efa. Da chi'n caru'ch gilydd.'

'Ond mi ddudist ti dy fod ti'n caru Carys.'

'Mi oeddwn i.'

Ac wrth ddeud hynny mi oeddwn i'n cofio faint oeddwn

i'n ei charu hi a chymaint yr oeddwn i isio i bopeth fod yn iawn iddi hi a'i phlentyn. Yn fwy na dim mi oeddwn i isio i Carys a'r babi yn ei chroth fod yn hapus. A chofiais y teimlad pan wnes i sylweddoli nad oeddwn i'n ddim byd ond llyffethair i hynny, dyn nad oedd o hyd yn oed yn gwbod os oedd o isio bod efo dynion neu ferched. Wnes i ddim esbonio hynny i Carys ar y pryd. Prin wnes i esbonio dim byd, dim ond deud nad oeddwn i am fod yn rhan o fagu'r plentyn.

'Ond mi wnest ti ei gadael hi, ei gadael hi i fagu fi ar ei phen ei hun!'

Ac mi gofis i'r rhyddhad ar wyneb Carys pan ddwedais i na fyddwn i o gwmpas. Dim ond am eiliad, ond wnes i ddim amau mai rhyddhad deimlodd hi gyntaf. Roedd hi'n ddynas glên, mi fyddai hi wedi trio'i gorau i greu teulu efo fi petawn i wedi gofyn. Ond mi fydda fo wedi bod yn ormod i'w ofyn. Treiddiodd llais Efa trwy'r atgofion.

'Tydi hi ddim yn hawdd magu plentyn ar dy ben dy hun, sti!'

'Ond mae'n anoddach ei fagu efo rhywun ti ddim yn ei garu. Dw i'n tybio.'

'Ond …'

'Doedd hi ddim yn fy ngharu i, Efa.'

Oedais eto, ond roedd y creigiau ym mhen y bae yn dod yn nes.

'Roedd 'na rwbath arall hefyd. Doeddwn i ddim yn sicr o ddim byd … Mi oeddan ni'n ddiniwad o edrych yn ôl …'

Yn amlwg doedd Efa ddim yn deall be oeddwn i'n mwydro amdano. Ddim mwy nag oedd Carys a finna'n deall. Ddim mwy nag oeddwn i a Rhydian yn ei ddeall efallai.

'Roedd hi'n oes wahanol, Efa.'

Mi oeddwn i'n gwbod mod i'n siarad mewn damhegion, ddim yn deud petha'n iawn a chwarae teg iddi hi, mi oedd hi'n gwrando, er ei bod hi'n dal i gerdded. Cerdded yn gyflym oherwydd ei bod yn gwthio'r goits efallai. Neu efallai mai rhyw rym yn y goits oedd yn ei thynnu yn ei blaen ar wib ar hyd y prom.

'Mi oeddwn i wedi cael perthynas efo dyn arall. Doeddwn i ddim yn meddwl mod i ffit i fod yn dad i ti nac yn gymar i Carys. Roedd hi'n well mod i'n diflannu. Diflannu a gadael i Carys gael hyd i ddyn iawn.'

'Wnaeth hynny ddim digwydd.'

'Neb? Neb o gwbl?'

'Neb o bwys. Doedd yna 'run dyn oedd yn ddigon pwysig i mi gadw cysylltiad efo fo. Doedd yna 'run ohonyn nhw yn y cynhebrwng.'

Mwy o ddistawrwydd, mwy o gerdded.

'A be ddigwyddodd i ti a'r dyn?'

'Dim byd. Dyna'r unig ddyn ges i fy nenu ato erioed.'

'Oeddat ti'n ei garu o?'

'Doeddwn i ddim hyd yn oed yn ei licio. Dim ond …'

'Felly 'sa waeth 'sa ti wedi aros efo Mam. Falla 'sa ti wedi gallu'i rhwystro hi.'

Sylweddolodd Efa nad oeddwn i'n deall at be oedd hi'n cyfeirio.

'Lladd ei hun wnaeth hi, Steffan. Oeddat ti ddim yn gwbod?'

Ysgydwais fy mhen heb ddweud dim. Sut aflwydd oeddwn i wedi clywed am farwolaeth Carys ond heb glywed sut y bu iddi hi farw? Ceisiais ddychmygu gorffennol gwahanol, un a fyddai'n gorffen efo Carys a finna'n powlio Owain ar hyd y prom, yn nain a thaid balch. Ond roedd rhaid datod a datod a datod yr holl flynyddoedd i greu hynny. Ac wedi'u datod nhw i gyd mi oeddwn i'n cyrraedd yr un cwlwm nad oedd posib mynd y tu hwnt iddo.

'Doedd hi ddim yn fy ngharu i.'

A dyna fi wedi'i ddeud o eto, a'i glywed o go iawn am y tro cyntaf. Doedd yna ddim byd allai agor y cwlwm yna. Nid Rhydian, nid rhyw efo Rhydian Gwyn, oedd wedi fy rhwystro rhag bod yn rhan o fywyd Efa. Stori gyfleus oedd honno, chwedl roeddwn i wedi'i chreu a Rhydian yn flaidd mawr drwg.

'A be amdana i?'

Roedd hi'n amlwg o'i llais fod Efa'n ailadrodd y cwestiwn, ond doeddwn i heb ei chlywed y tro cyntaf.

'A be amdana i?' meddai hi am y trydydd tro. 'Mi fyswn i wedi gallu gwneud efo rhiant arall.'

Roedd yna fainc ger y creigiau ym mhen draw'r bae. Eisteddais arni ac er mawr ryddhad i mi eisteddodd Efa wrth fy ochr.

'Doeddwn i ddim yn meddwl amdanat ti. Mi nes i dy weld unwaith, pan oeddat ti tua saith falla, ond wnes i ddim meddwl amdanat ti go iawn nes i ti gysylltu efo fi. Cwbl welis i oedd y rhyddhad ar wyneb Carys pan nes i ddweud na fyddwn i'n aros yn rhan o'i bywyd, pan sylweddolodd na fyddai hi ynghlwm efo fi am byth. Ac mi es. Mynd cyn iddi hi fy hel i ffwrdd.'

Rhythais ar olwynion y goits yn llonydd ar y palmant fel pe na bawn i wedi gweld olwyn erioed o'r blaen, fel petaen nhw'n rhywbeth gwyrthiol oedd newydd ymddangos yn fy myd.

'Mae'n ddrwg gen i, Efa.'

Efa

Doeddwn i ddim wedi disgwyl i Steffan ymddiheuro. Mi oeddwn i wedi disgwyl esboniad cymhlêth a chyfiawnhad o'r hyn a wnaeth, neu yn hytrach yr hyn na wnaeth. Mi oeddwn i'n barod iddo ddadlau bod ganddo fo hawliau fel taid. Mi oeddwn i hyd yn oed yn barod iddo bledio. Ond nid dyna wnaeth o. Adrodd stori wnaeth o, bron fel petai o'n ei hadrodd iddo fo'i hun ac yn ei chlywed am y tro cyntaf. Ac ar fy ngwaethaf mi allwn weld yr hogyn ifanc, iau na fi rŵan, a'i feddwl yn un cawlach.

Eistedd ar y fainc ym mhen pella'r bae oeddan ni pan wnaeth o ymddiheuro.

'Mae'n ddrwg gen i, Efa,' medda fo, 'mae'n wir ddrwg gen i.'

Ac yna mi gododd a chychwyn yn ôl am y car, heb ddweud na gofyn dim byd arall. Fi awgrymodd banad. Roedd yna gaffi bychan gerllaw a'r ddynas oedd yn gweini yn amlwg efo digon o amser i sgwrsio.

'Wel, dyna ddel,' medda hi gan sbecian i mewn i'r goits. 'Faint ydi oed o?'

A chyn i mi gael amser i ateb roedd hi wedi troi at Steffan.

'Taid wedi gwirioni, yndi? Dw inna'n nain ers tri mis. Wrth fy modd. Lot llai o waith na bod yn fam, bron ei fod o'n fwy o bleser. Tydyn nhw ddim efo chi drwy'r adag ...'

Roedd hi fel pwll y môr hyd nes i dair o genod ifanc ddod i mewn a hawlio'i sylw. Ac wrth iddi hi droi ei chefn arnom a mynd i weini arnyn nhw mi edrychodd Steffan a finna ar ein gilydd, dal llygaid ein gilydd ac edrych ar y naill a'r llall yn iawn am y tro cyntaf y diwrnod hwnnw.

'Wn i ddim a fyddai Mam wedi mwynhau bod yn nain,' meddwn.

'Fysa Carys ddim wedi mwydro penna pobl fel'na,' atebodd Steffan. Er, mi fysa Sali fel'na'n union – y math o nain sy'n dangos lluniau'r wyrion i bawb.'

Ac yna mi aeth yn ddistaw, fel 'sa fo'n poeni ei fod wedi deud gormod neu wedi deud rhwbath anaddas. A doeddwn inna ddim yn gwbod be i'w ddeud chwaith, felly eistedd heb ddweud dim wnaethon ni. Edrych allan ar y tonnau, yfed coffi a deud dim. Ymhen hir a hwyr trodd Steffan i edrych arna i.

'Wel, Efa? Be rŵan?'

A doeddwn i ddim yn gwbod be rŵan. Heblaw mod i'n gwbod fod stori Steffan wedi newid popeth.

'Faint mae Lora'n wbod? Faint mae hi'n wbod am pam na wnest ti a Mam aros efo'ch gilydd?'

Ac mi oeddwn i'n synnu, wrth glywed fy hun yn gofyn hyn, nad oeddwn i'n ama dehongliad Steffan o'r hyn ddigwyddodd pan oeddwn i'n ddim ond chydig gelloedd yn y groth. Mi oedd o'n cyd-fynd efo'r Carys oeddwn i'n ei nabod.

'Tydi Lora'n gwbod dim. Mae Lora'n meddwl mod i'n fastad diegwyddor.'

Gwnaeth Steffan ryw sŵn oedd yn debyg i chwerthin.

'Ac …' Petrusodd Steffan am ennyd. 'Ac mi fues i'n sâl am gyfnod, a byw yng Nghanada am chydig, a cholli cysylltiad … Ac …'

Cododd Steffan ei ysgwyddau. Dw i ddim yn meddwl ei fod o na finna'n deall a oedd hynny'n berthnasol neu beidio.

'A Rhydian? Roedd o'n byw efo chi'n doedd?'

'Mae Rhydian …' Oedodd Steffan am eiliad. 'Mae Rhydian yn gwbod mwy.'

Ac fe gochodd ychydig. Ar ôl yr holl flynyddoedd mi wridodd ychydig wrth ddweud enw Rhydian, ac mi ddalltis inna. Nid ei fod o bwys pwy. Ac mi welodd Steffan mod i wedi deall.

'Does dim isio beio Rhydian,' medda fo.

A chyn i mi gael cyfle i ddeud nad oeddwn i'n beio Rhydian, mi aeth yn ei flaen.

'Dw i wedi'i feio fo dros y blynyddoedd, sti. Wedi'i neud o'n fwch dihangol. Ond fi oedd y bai. Fi benderfynodd neidio cyn i mi gael fy ngwthio. Mynd cyn i Carys ddeud wrtha i am fynd.'

A dyna pryd y canodd ffôn Steffan.

'Esgusoda fi,' medda fo a'i dynnu allan o'i boced. Edrychais arno'n gwelwi wrth ateb pwy bynnag oedd ar y pen arall. Clywais o'n sicrhau rhywun y byddai yno cyn gynted â phosib.

'Mae Sali yn yr ysbyty. Damwain car. Mae'n rhaid i mi …'

Dw i ddim yn credu i mi ddweud dim byd, dim ond gafael yn fy nghôt a nelu am ddrws y caffi gan adael digon o arian ar y bwrdd i dalu am y paneidiau. Roedd ein ceir i'w gweld ymhell oddi wrthym yn y maes parcio ym mhen pella'r bae a doedd yna ddim byd i'w wneud ond cerdded yn ôl yno mor fuan â phosib. Wnaeth Steffan ddim esbonio dim byd, a wnaeth o ddim siarad am ddim byd arall chwaith, ond mi oedd yn hollol amlwg fod yna frys i gyrraedd yn ôl at y ceir. Dw i'n siŵr i ni gerdded yn ôl ar hyd y prom mewn hanner yr amser gymerodd hi i ni gerdded yno, ac mi oedd Steffan yn fyr ei wynt erbyn i ni gyrraedd y maes parcio. Cyn camu i'w gar mi edrychodd unwaith ar Now, a oedd trwy ryw wyrth yn dal i gysgu. Tynnodd y flanced i lawr ychydig er mwyn cael ei weld yn well, ond wnaeth o ddim dweud dim byd na gwneud unrhyw ymdrech i gyffwrdd â'r babi. Yna fe gaeodd ddrws y car. Ond yr eiliad nesa mi agorodd y ffenest i ddweud rhywbeth wrtha i.

'Mae'n ddrwg gen i, Efa. Am hyn. Am bob dim.'

A'r cwbl allwn i ei wneud oedd deud wrtho fo am yrru'n ofalus. Dechreuodd gau ffenest y car.

'Gad i mi wbod sut mae hi,' ychwanegais cyn i'r ffenest gau yn llwyr.

Steffan

Mi oedd hi'n cerdded ar y palmant; mi gafodd dyn 67 oed drawiad ar ei galon wrth yrru. Doedd gen i neb i'w feio a'i ddiawlio – dim meddwyn deunaw oed, dim dynas hurt yn siarad ar ei ffôn wrth yrru. Ac mi oedd hi wedi bod yn anymwybodol o'r eiliad y trawyd hi gan y car. Ac fe fuodd hi'n anymwybodol am dridiau. Mae tri diwrnod o eistedd wrth erchwyn gwely rhywun sydd ddim yn ymateb yn brofiad od.

'Siaradwch efo hi,' meddai'r nyrs, 'mae'n ddigon posib ei bod hi'n eich clywed chi.'

'Rwbath,' medda hi wedyn, er nad oeddwn i wedi gofyn, 'manion os liciwch chi. Siarad fel 'sa hi'n effro. Canwch iddi hi os liciwch chi.'

'Dw i ddim yn meddwl y gwna i ganu,' atebais yn sychlyd, ac fe adawodd y nyrs yr ystafell.

'Ti ddim isio i mi ganu, nag wyt?' gofynnais i Sali, ond wnaeth y corff yn y gwely, yn diwbiau a weiars i gyd, ddim ymateb. Ond mi oeddwn i wedi dechrau siarad efo hi, wedi torri'r garw ac mi oedd hi'n haws dal ati wedyn. Ac mi wnes i adrodd yr un stori wrth Sali. Mi wnes i sôn am bethau eraill wrth gwrs, ond sôn am ddyn ifanc oedd wedi neidio cyn iddo gael ei wthio wnes i. A sôn am hen ddyn oedd efallai wedi cael ei wthio cyn iddo neidio.

'Ti'n meddwl y gwneith hi ailfeddwl, Sal? Mae Owain bach mor … mor … O dwn i'm. A ti isio bod yn nain, yn dwyt? Be ti'n feddwl?'

A dyna pryd yr agorodd Sali'i llygaid. Edrychodd arna i am funud ac yna deud, 'Dw i wedi bod yn breuddwydio. Mi oeddat ti mewn bath, efo dyn arall.'

Wnes i ddim ateb, dim ond gwenu arni am funud cyn rhuthro at ddrws y stafell fach i alw ar nyrs.

Ar un olwg mi oedd Sali wedi bod yn eithriadol o lwcus. Heblaw bod ei garddwrn chwith mewn plastar, unwaith roedd hi wedi deffro roeddan nhw'n methu cael hyd i ddim byd arall oedd yn bod arni. Fe gafodd ei chadw i mewn am ychydig, ac fe wnaeth y meddygon a finna fynnu ei bod yn dod adref efo fi yn hytrach na bod ar ei phen ei hun. Ond mi oedd hi'n ymddangos fwy neu lai yn holliach a doedd yna ddim llawer o waith gofalu amdani. Dw i'n cofio edrych arni'n gwneud panad i mi, braidd yn drwsgl ac araf efo un llaw, a dod yn agos iawn at ddiolch i rywun neu rywbeth.

Doeddwn i heb sgwrsio efo Efa ers ei gadael yn y maes parcio, dim ond anfon dau neges destun. Un yn dweud bod Sali mewn coma a'r llall yn dweud ei bod wedi deffro. Mi ges i ateb byr a chwrtais, clên hyd yn oed, i'r ddau. Doeddwn i heb adael iddi hi wybod ein bod ni'n dau adra. Roedd yna ryw ysfa i gau'r drysau ar bawb a phopeth. Fe wnes i fynd i ddiolch i'r cymydog oedd wedi bod yn bwydo Llwydrew, ond dyna'r cwbl. Swatio ar y soffa yn darllen, gwylio'r teledu yr oeddwn i wedi'i brynu'n unswydd i'r claf a chadw cwmni i Sali oeddwn i am ei wneud.

'Dw i'n iawn, sti. Mi gei di fynd allan, neu fyny grisia i weithio o leia.'

Ond doedd gen i ddim awydd. Ceisiais esbonio mod i wedi blino ar ôl bod wrth erchwyn ei gwely am ddyddiau.

'Iawn i chdi – cysgu oeddat ti!'

Chwarddodd Sali a mynd i'r gegin i neud bwyd i ni gan fy ngadael i'n mwytho Llwydrew er mwyn ceisio ennill maddeuant am ei gadael am ddyddiau.

'Wna i ddim gwneud eto,' meddwn wrth y gath. Ond

wrth gwrs, doedd hynny ddim yn wir. Ac mi oedd yn beth da iawn fod Sali'n ddigon da i edrych ar ei hôl ei hun oherwydd erbyn diwedd yr wythnos mi oeddwn i yn yr ysbyty.

'Ac ers faint 'da chi wedi bod yn cael y poena 'ma, Mr Owen? A bod yn fyr eich gwynt?'

Atebais ac mi wnaeth yntau'r sŵn yna, hanner ffordd rhwng 'Mmm' a phesychiad, y mae doctoriaid, mae'n rhaid, yn cael eu hyfforddi i'w wneud. Prin oedd hwn wedi stopio cachu'n felyn ond mi oedd o'n gallu gwneud y sŵn gyda'r gorau.

'Mi fyddai wedi bod yn well ...' dechreuodd, ond torrais ar ei draws.

'Gwranda, William,' meddwn gan edrych ar y bathodyn oedd yn crogi rownd ei wddw i atgoffa fy hun o'i enw, 'mae 'mywyd i'n llawn o betha y bysa'n well taswn i wedi'u gwneud nhw'n wahanol. Nid hwn ydi'r pwysica.'

Gwnaeth William nodyn neu ddau ar fy ffeil a dweud y byddai'n fy ngweld yn y bore. Erbyn hynny, meddai, fe fyddai wedi gwneud trefniadau ar gyfer y biopsi. Ar ôl iddo fynd rhythais ar fy ffôn am hir yn cael fy nhemtio i gysylltu efo Efa. Wnes i ddim. Ond roedd fel petai fy mhenderfyniadau i'n mynd yn llai a llai pwysig, yn cael llai a llai o ddylanwad ar be oedd yn digwydd. Pan gyrhaeddodd Sali, un o'r pethau cyntaf ddwedodd hi oedd ei bod wedi cysylltu efo Efa.

'Ama 'sa ti heb neud,' meddai. A chyn i mi gael cyfle i brotestio aeth yn ei blaen. 'Mi oedd hi'n ddiolchgar mod i wedi gwneud. Mi fydd hi yma'n munud.'

Mi oeddwn i isio gofyn i Sali be yn union oedd hi ac Efa wedi'i drafod ond allwn i ddim gofyn hynny. Ac mi oedd yna gwestiwn pwysicach:

'Ydi hi'n dod a'r hogyn bach efo hi?'

Efa

Od oedd gweld Steffan mewn pyjamas. Mi oedd o'n edrych yn hŷn ac yn deneuach. Sefais wrth droed y gwely am eiliad heb ddweud dim, dim ond edrych ar y pyjamas glas a'r chydig flewiach gwyn yn y golwg lle roedd botwm yn agored. Plygodd Sali'n ei blaen i gau'r botwm. Edrych ar Now yn fy mreichiau oedd Steffan a ddwedodd yntau ddim byd.

'Stedda, Efa,' meddai Sali gan bwyntio at y gadair lle roedd hi wedi bod yn eistedd. 'Dw i am fynd i nôl papur newydd ac un neu ddau o bethau eraill mae o angen.'

Tynnodd ei phwrs o'i bag a'n gadael, ein gadael i edrych ar y naill a'r llall am 'chydig.

'Doeddwn i ddim isio dy boeni di. Doeddwn i ddim yn gwbod fod Sali wedi cysylltu.'

'Mi wnes i ddallt hynny.'

Ac yna distawrwydd am sbel eto, a finna'n dechra difaru dod draw i'r sbyty gan fy mod i'n teimlo mor chwithig. Mi fyddai cerdyn wedi gwneud y tro'n iawn.

'Dw i'n falch dy fod ti wedi dod â fo efo chdi.'

A doeddwn i'n dal ddim yn siŵr be i'w ddeud.

'Falch iawn o dy weld titha hefyd, cofia.'

Ac mi oedd yr hen Steffan yn ôl – y dyn annwyl, fflyrti yr oeddwn i wedi'i gyfarfod fisoedd yn ôl. Y gŵr bonheddig deallus yr oeddwn i wedi'i berswadio i fy nghyfarfod yn y dafarn. Ac mi oeddan ni'n dallt ein gilydd eto.

'Ydi …?'

'Na, tydi Sali'n gwbod dim. Does dim angen iddi hi wbod pob dim. Dy stori di a fi a Carys ydi hi.'

'A Meic,' atebais. 'A Rhydian Gwyn,' ychwanegais gan wylio wyneb Steffan wrth i mi ddweud yr enw.

Ond wnaeth o ddim cochi, dim ond gwenu'n dawel.

'Tydi Rhydian druan ddim yn sylweddoli ei fod wedi cael cymaint o effaith ar betha. Wnaeth o erioed ddallt mod i wedi'i feio fo. Tydi o ddim yn rhan o'r stori go iawn.'

A chan fod Sali wedi dychwelyd bu rhaid troi'r stori, a'r unig beth y gallwn i feddwl amdano i'w ofyn oedd holi Steffan am y manylion meddygol. Pan oedd ar ganol ateb, heb iddo ofyn hyd yn oed, rhoddais Now yn ei freichiau. Edrychodd Sali'n bryderus.

'Paid â bod yn wirion, ddynas, tydi cansar ddim yn heintus, sti!' Ond mi oedd o'n gwenu arni wrth arthio.

Fe wnaeth Sali fy nanfon i a Now ar hyd y coridorau hir at ddrws yr ysbyty. Mi oedd hi'n ddistaw am chydig ond yna dyma hi'n troi ata i. 'Wel mi gest ti wbod mwy ganddo fo na dw i'n gael wbod.'

'Falla 'i bod hi'n haws deud wrtha i. A deud wrtha chi drwydda i.'

Roedd yr ateb fel petai o'n ei phlesio.

'Mae o'n casáu sbytai, sti, Efa. Ond maen nhw'n deud wrtha i ei fod wedi bod yn yr ysbyty ym Manceinion yr holl amser nes i mi ddeffro. Doeddwn i ddim yn disgwyl … Doeddwn i ddim yn meddwl …' Ysgwydodd ei phen fel ci yn dod allan o ddŵr. 'A rŵan 'da ni fel Siôn a Siân, y bobl bach yn y tŷ tywydd – unwaith 'dw i allan mae o i mewn.'

'Siawns y ceith o ddod adra reit fuan, Sali. Dim ond dod 'nôl mewn i gael triniaeth a ballu …' Ond doedd hynny fawr o gysur a dweud y gwir nag oedd. Cofleidiais hi'n drwsgl braidd gan fod Now yn fy mreichiau cyn ei gadael a mynd trwy'r drysau tro mawr allan i weddill y byd, y rhan fawr o'r byd nad ydio'n sbyty, hwnnw mae pawb yn anghofio amdano fo pan maen nhw i mewn yn yr ysbyty.

Mi wnes i alw yn y gwaith ar y ffordd adra o'r sbyty. Mi oeddwn i'n pasio a doeddwn i, mwya cywilydd i mi, heb fod â Now yno i weld pawb. A dw i'n meddwl fy mod i hefyd isio deud wrth Lora fod Steffan yn yr ysbyty. Neu falla mai isio mynd i rywle lle na fyddai rhaid i mi drafod biopsis ac ystadegau deuddeg mis ac ystadegau pum mlynedd oeddwn i. A dyna ddigwyddodd gan nad oedd Lora yno a phawb arall isio gwneud dim byd ond pasio Now o gwmpas fel gêm pasio'r parsal. Ac mi oedd hi mor braf eistedd yno'n yfad coffi a byta bisgedi a chael gwbod hanes pawb a gaddo mod i'n dod yn ôl ymhen blwyddyn 'os byw ac iach'.

Oedais wrth ddrws swyddfa Lora wrth adael, yn rhyw hanner ystyried gadael nodyn iddi hi yn deud fy mod i wedi galw ac yn deud am Steffan. Ond penderfynu peidio wnes i, yn bennaf gan i mi weld fod Rhydian Gwyn yn y stafell yn gweithio ar rwbath. Codais fy llaw arno trwy wydr y drws ac fe gododd ar ei draed a dod ata i.

'A dyma'r hogyn bach. Del iawn.'

Er, mi oedd hi'n hollol amlwg nad oedd o'n ddyn babis.

'Biti 'sa Carys wedi cael ei weld o.'

Ac mi oedd hynny'n swnio'n llawer mwy diffuant. Ac yna mi ofynnodd am fy nghyfeiriad.

'Dw i wedi prynu rwbath. Wel, Alan sydd wedi'i brynu ddeud gwir. Mae o'n well na fi am betha fel'na.'

Ac er ei fod yn chwerthin am ben ei gymar oedd yn un da am brynu anrhegion babi doedd o ddim yn chwerthin cas. Dwedodd y byddai'n postio'r anrheg, cyn i Now dyfu dim mwy.

''Da chi isio 'nghyfeiriad i?'

'O, ia. Well i mi gael o, tydi?'

Cipiodd ddarn o bapur oddi ar ddesg Lora a sgwennu fy enw llawn a fy nghyfeiriad arno. Ac ymhen ychydig ddyddiau daeth parsel drwy'r post a'r darn papur wedi ei ludo ar ei flaen fel label.

Steffan

Fe gadwodd William at ei air a threfnu'r biopsi at y bore trannoeth ac fe wnaethpwyd y driniaeth ac fe ddaeth y canlyniadau.

'Cyfyngu, rheoli, gofal lliniarol,' meddai bos William. Mae'n siŵr fod y geiriau wedi'u cyfuno mewn brawddegau o ryw fath. Pan welis i o drannoeth a Sali ddim yno mi wnes i ofyn iddo fo am syniad o amser, ac fe edrychodd i fyw fy llygaid am eiliad cyn ateb fel petai o'n trio mesur pa mor onest y dylai fod efo fi. Falla mai trio mesur fy ngonestrwydd i oedd o.

Cododd ei sgwyddau yn ei siwt ddrud ryw fymryn lleia.

'Rhwng chwe mis a chwe blynedd, Dr Owen. Anodd iawn deud nes gwela i sut 'da chi'n ymateb.'

'Diolch.'

Wnes i ddim ymhelaethu ac esbonio iddo fo mai'r gwahaniaeth yna oedd y gwahaniaeth rhwng Owain yn methu yngan gair na cherdded cam ac Owain yn gallu cerdded wrth fy ochr yn sgwrsio. Edrychai'r meddyg fel petai'n difaru bod mor onest.

'Diolch,' meddwn i eto, 'diolch yn fawr.'

Fe gyrhaeddodd Sali'n hwyrach yn y bore. Gan ei bod hi'n dal â'i garddwrn mewn plastar roedd hi'n ddibynnol ar drafnidiaeth gyhoeddus.

'Paid ag edrych mor ddigalon, Sali fach. Mi fydda i yma am flynyddoedd eto.'

'Go iawn?'

'Dw i wedi esbonio iddyn nhw – gen i betha i'w gwneud.'

Ac fe wenodd a dwn i ddim pwy oedd yn twyllo pwy,

ond doedd hynny ddim yn bwysig chwaith. Mi oeddwn i'n fwy onest efo Efa. Ac mi oeddwn i'n hollol onest efo Lora pan alwodd honno. Doeddwn i ddim wedi disgwyl iddi hi alw, doeddwn i ddim hyd yn oed yn sylweddoli ei bod hi'n gwbod fy mod i yn yr ysbyty. Ond mae merched yn siarad, tydyn, a Lora'n methu rhwystro'i hun rhag gofalu a threfnu. Cyn i mi ddeall be oedd yn digwydd mi oedd hi wedi darganfod fod Sali'n byw yn fy nhŷ i bob pwrpas er mwyn edrych ar ôl Llwydrew ac nad oedd hi'n gallu gyrru. Y cam amlwg wedyn i Lora oedd trefnu pryd y gallai hi ddanfon Sali i'r ysbyty a phryd y gallai Efa wneud. Daliodd Efa fy llygad am eiliad wrth i'r tair ohonynt drafod wrth droed fy ngwely.

'When shall we three …' meddwn.

Doeddwn i ddim yn credu bod neb wedi fy nghlywed, ond wrth iddi hi gychwyn am ddrws y ward dyma Lora'n troi ataf, 'When the hurly-burly's done, when the battle's lost and won.'

Mae'n rhaid mod i wedi edrych yn boenus gan iddi hi chwerthin ac ychwaengu, 'Dydd Iau mewn geiriau eraill. Mae gen i gyfarfod efo'r Cyngor Celfyddydau ddydd Mercher ac mae gen i a Rhydian lot o waith paratoi cyn hynny.'

'Dw i'n siŵr y cei di be ti isio allan o'u crwyn nhw, Lora. Gwna di'n siŵr dy fod ti'n cael digon o bres i roi codiad cyflog i Efa.'

Ac fe chwarddodd pawb, yn ôl ar dir saff y pethau bydol am ryw hyd.

Mae'r sgwrs yna i weld ymhell yn ôl rŵan. Tydi hi ddim wrth gwrs, ond bellach mae mis yn amser hir. Mae misoedd fel oes. Mae'n syndod faint o bethau mae Owain yn gallu eu dysgu mewn mis. Dw i'n llwyddo i'w weld o bron bob wythnos. Ac mae'n syndod faint 'da ni i gyd yn ei ddysgu bob mis. Nid pethau mawr efallai, ond rhyw ddarn bach o jig-so'r gorffennol ac yn bwysicach na hynny ryw bethau bach am y naill a'r llall ac amdanom ein hunain. Dw i'n dal i sgwennu. Ddeud gwir mae'n syndod faint dw i'n llwyddo i'w sgwennu. Mi brynodd Sali liniadur newydd i mi, presant pen-blwydd cynnar, medda hi. Yn amlwg, roedd hi'n meddwl y byswn i o gwmpas ddigon hir i'w ddefnyddio fo, ond ddim yn hollol sicr y byswn i yma ar fy mhen-blwydd. Mae'r straeon byrion wedi'u gorffen a'r cyhoeddwr wrth ei fodd efo nhw'n y diwedd. Ac mi ydw i wedi dechrau nofel. Dw i wedi cael blas ar y busnas ffuglen 'ma.

Efa

Pan ddaeth yr anrheg gan Rhydian ac Alan trwy'r post mi aeth yna ryw ias trwydda i. Am funud doeddwn i ddim yn siŵr pam. Edrychais ar y dilledyn drud a chwaethus yn methu deall be oedd yn bod arna i. Ac yna mi sylweddolais, a thynnu'r amlen drwchus o'r bin a rhedeg i fyny'r grisiau. Gollyngais sana ar hyd y llawr yn fy mrys. A doedd yna ddim amheuaeth. Petawn i'n cymharu dau ddarn o sgwennu gwahanol mi fyddai rhaid astudio pob llythyren yn unigol ond doedd dim angen gwneud hynny hyd yn oed. Mi oedd y sgrifen ar y ddwy amlen yn union yr un peth. Rhydian oedd wedi anfon y llythyr gan Mam.

Fy ysfa gyntaf oedd cysylltu efo fo ac … Doeddwn i ddim yn siŵr be oeddwn i am ei wneud wedyn – ei ddiawlio, ei holi'n dwll, diolch iddo? Dychmygais bob sgwrs bosib, y gwahanol bethau y gallwn i ofyn a'r gwahanol atebion y gallai Rhydian eu rhoi, a doedd 'run ohonynt yn fy modloni.

'Rhaid i ti baratoi'n iawn, Efa,' meddwn yn uchel wrtha fi'n hun a gosod y ddwy amlen efo'i gilydd yn y drôr a chodi'r sanau, yn dwt yn eu parau, oddi ar y llawr a'u gosod ar eu pennau fel nad oedd posib eu gweld.

Ond y gwir ydi fy mod i dal heb gysylltu efo Rhydian. Mi wnes i anfon, ar ôl cael ei gyfeiriad gan Lora, gerdyn bach yn diolch am yr anrheg a dyna fo. Fel y dudodd Steffan, 'Tydi o ddim yn rhan o'r stori go iawn.' Mae traed Meic yn llawer mwy na fy rhai i, felly tydi o byth yn mynd i'r drôr i fenthyg fy sana a phrin fod yr amlenni yn fy mhoeni bellach, hyd yn oed pan mae bron pob hosan yn fudr neu yn y golch a'r amlenni'n hollol amlwg. A tydw i heb sôn wrth Steffan na Lora. Mi dderbyniodd Steffan gerdyn gan Rhydian ond wnaeth o ddim dod i'w weld o yn yr ysbyty, hyd y gwn i. A phrin mae Lora mewn cysylltiad efo Rhydian, medda hi. Mi oedd y cais i Gyngor y Celfyddydau'n llwyddiannus ac mi gafodd noson braf efo fo ac Alan i ddathlu, ond tydi hi heb ei weld ers hynny o be dw i'n ddeall.

Mi oedd hi'n noson fawr yma neithiwr – mi aeth Now i aros efo'i nain a'i daid am y tro cyntaf. Ac mi oedd hi'n eithriadol o braf bod ar ein pennau'n hunain yn y tŷ, dim ond fi a Meic. Ond mi oeddwn i'n effro yn yr oriau mân yn meddwl am Mam a'i hofnau, ofnau na allai hi yn y diwedd eu rheoli trwy godi a gwneud cacen siocled yn ei choban. Yr ofnau a wnaeth iddi hi roi'r llythyr i Rhydian Gwyn, yn gwbod y byddai rhaid iddo, mwya tebyg, ei ddanfon i ben ei daith. Mae'n rhaid bod Mam wedi cadw rhyw gysylltiad efo Rhydian … Gorffwysais fy mhen ar ysgwydd Meic a thrio, yn ysgafn iawn, ei ddeffro i garu eto, ond mae'n rhaid fy mod i wedi syrthio i gysgu cyn iddo fo ddeffro.

Wrth i ni fynd i nôl Now bore 'ma dyma Meic yn deud, 'Ti yn dallt y bydd Mam yn mynnu ei fod o'n cael dod atyn nhw rŵan a hithau'n gwbod ei fod wedi mynd ar ei wylia at Steffan a Sali'n dwyt?'

Chwarddais. 'Yndw. Ond dw i'n falch ei fod o wedi cael mynd at Steffan neithiwr. Nid y bydd o'n cofio.'

Wnaeth Meic ddim ateb, dim ond gafael yn fy llaw.